Inhalt

»Ich traute meinen Augen nicht...«

Ich neige nicht zu Tagträumen, nur selten muss ich mich in den Arm kneifen, um mich zu vergewissern, dass ich nicht träume. Doch genau das tat ich, als ich Liliane Amri zum ersten Mal traf. Mir gegenüber stand eine Frau, die im Alter von vier Jahren Knochen aus den Verbrennungsöfen der Nazis entfernte – und das war erst der Anfang eines unglaublichen Lebenswegs! Einige Tage zuvor hatte ich den Artikel »Liliane, die Elsässerin im *Aurès*« von Catherine Simon gelesen und wusste daher bereits, welch außergewöhnliches Schicksal diese lebhafte und forsche Frau, die da vor mir stand, erfahren hatte.

Von Beginn ihres Lebens an schien sich alles gegen sie verschworen zu haben und doch ging sie aus jeder Prüfung nicht nur siegreich hervor, sondern gab vor allem ihren Mitmenschen Kraft und Lebensmut.

Alles, was in diesem Buch beschrieben wird, stimmt bis ins Detail. Dafür verbürgt sich Pater Thiriez, der noch heute in Batna lebt. Es wurden lediglich die

Namen einiger noch lebender Personen verändert, um ihr Inkognito zu wahren.

Bei der Lektüre dieses Buchs wurde mir wieder einmal klar, wie unbedeutend die kleinen Probleme unseres Alltags in Wirklichkeit sind. Nehmen wir uns also ein Beispiel an dieser starken und herzlichen Frau – und hoffen wir, dass unser Schicksal es besser mit uns meint.

Alain Noël
(Verleger der französischen Originalausgabe)

Prolog

Die Schöne des Aurès

Es war ein Tag im Juni des Jahres 1986. Ich hatte heimlich den Bus genommen – wie ich es oft tat – und fuhr nach Batna, um die *Weißen Väter* zu besuchen. Die Missionare hatten mich eingeladen, mit ihnen den fünfzigsten Jahrestag der Priesterweihe des Vaters Achille zu feiern, eines 76-jährigen Elsässers. Louise, Hélène und ich hatten den Auftrag bekommen, ein kleines, festliches Büfett herzurichten. Wir erwarteten etwa hundertfünfzig Gäste; die üblichen Mitglieder der Kirchengemeinde, aber auch zahlreiche ausländische Spezialisten – Ingenieure, Techniker, Agronomen, Öl- und Brunnenbohrer sowie Ärzte –, die es aus allen möglichen Ländern hierher verschlagen hatte, aus Russland und China, Polen, Frankreich und Belgien.

Louise war eine tief gläubige alte Jungfer, die von ihrer Rente lebte und jedem, der es hören wollte, erzählte, dass sie nie eine angemessene Partie gefunden habe. Ihre Eltern waren Exilfranzosen in Algerien gewesen und stammten aus einem großen maltesischen Geschlecht. Louise war nach Strich und Faden verzogen worden, hatte ihr ganzes Leben lang nie gearbeitet und sich in den Kopf gesetzt, ihr Haus genau in dem Moment zu verkaufen, als alle Ausländer mit dem Gedanken spielten, Algerien zu verlassen.

Hélène war fast genau ihr Gegenteil: Diese extrovertierte Frau arbeitete als Mathematiklehrerin in einer Hauswirtschaftsschule in Batna, besuchte häufig ihre Nachbarinnen und war in der Gewerkschaft aktiv. Heute ist Hélène pensioniert, lebt aber immer noch in Batna und widmet sich wohltätiger Arbeit in der Kirchengemeinde.

Zu dritt bereiteten wir für das Büfett alle möglichen Häppchen vor, einen Salat aus Reis, Gurken und Tomaten, Eier, einen Fruchtsalat, Kuchen, Tee, Kaffee, Kakao, Fruchtsaft und – nicht zu vergessen – die allseits beliebte Sangria.

Diese Feier werde ich nie vergessen! Von der allgemeinen Heiterkeit beschwingt, trank ich ein Glas Sangria nach dem anderen. Wir saßen draußen, im kleinen Pfarrgarten, und die Junisonne brannte herunter. Da ich überhaupt keinen Alkohol gewöhnt war, bekam ich bald einen gewaltigen Schwips und brach urplötzlich in Tränen aus.

Schmerzliche Erinnerungen aus meiner Kindheit brachen wieder hervor, Erinnerungen, die ich bis dahin mehr schlecht als recht zu verdrängen versucht hatte. Um mich von ihrer Last zu befreien, musste ich sie mit den anderen Gästen teilen. Und so begann ich zu reden und erinnerte mich während des Erzählens an Bruchstücke einer Vergangenheit, die mich zu ersticken drohte. Allmählich erstarb um mich herum jedes andere Gespräch, gebannt lauschten die Priester und ihre Gäste meiner immer wieder von Tränen unterbrochenen Geschichte. Vater Philippe war von ihr so beeindruckt, dass er noch am gleichen Abend in sein Notizbuch schrieb, was er da gehört hatte.

»Liliane, du solltest ein Buch darüber schreiben«, riet er mir später. Immer wieder brachte er das Thema darauf. Damals lebte ich noch mit meinen Kindern im *douar*, einem winzigen Weiler. In Algerien herrschte Frieden und ich bezweifelte, dass meine Geschichte irgendjemanden interessieren könnte.

Doch seither hat sich leider viel verändert. Im Februar 1995 machte der um sich greifende Terror mein Leben in Algerien unmöglich und ich kehrte nach Frankreich zurück. Heute lebe ich in einem winzigen Apartment in einer Sozialbausiedlung etwa hundert Kilometer von Paris. Untertags finde ich immer eine Ablenkung, ich verschönere etwas in meiner Wohnung, koche oder gehe im Ort spazieren. Aber die Nächte sind schrecklich; von meinen Erinnerungen verfolgt, finde ich keinen Schlaf. Manchmal mache ich drei Nächte hintereinander kein Auge zu, sondern sitze stumpfsinnig vor dem Fernseher.

Oft frage ich mich, warum ich überhaupt geboren wurde. Denn wenn ich all mein Unglück zusammenrechne ...

Bilder spuken durch meinen Kopf: Deutsche Soldaten marschieren in glänzenden schwarzen Stiefeln vorbei, auf einer Straßburger Straße beugt sich ein Mann über meinen ohnmächtigen Körper, Schnee fällt auf den Gipfel des *djebel* Mahmel, den ich dreißig Jahre lang von der Schwelle meiner Tür aus gesehen habe. Manchmal brechen Erinnerungen durch, die ich für immer verloren glaubte. Und dann nehme ich Zettel und Stift, um festzuhalten, was mir mein Gedächtnis da enthüllt.

In meinem französischen Exil – das ebenso ein geistiges wie ein physisches ist – interessierten sich immer noch einige Leute für mich: Der gute Vater Philippe schrieb häufig, Andrée Audibert (die Frau des ehemaligen französischen Botschafters in Algerien) erwähnte mich in einem ihrer Bücher, Catherine Simon, eine Journalistin von *Le Monde*, interviewte mich für eine Reportage. Diese Leute haben mich letztendlich überzeugt, meine Geschichte in Buchform festzuhalten.

Wenn jemand unten auf der Straße vorbeigeht und auf das 18-stöckige Wohnsilo blickt, in dem ich heute lebe, kann er dann ahnen, welche Dramen sich im Leben eines seiner Bewohner abgespielt haben? Manchmal kann ich ja selbst kaum glauben, wie außergewöhnlich mein Leben verlaufen ist. Und doch ...

1

Eine bescheidene Einwandererfamilie

Mein Vater war sehr schön; groß und schlank, mit schwarzen Haaren und einem gleichzeitig verführerischen und boshaften Blick – kurz gesagt, ein Italiener in all seiner Pracht! Er hieß Antoine Albertini und kam am 10. Februar 1918 in Portoferraio als erstes von vier Kindern zur Welt. Zu Beginn der dreißiger Jahre wanderten meine Großeltern nach Frankreich aus und ließen sich in Metz nieder. Von meinen Großeltern väterlicherseits weiß ich außer ihren Namen und ihrem Todesjahr (1938) nichts, ich kann mich nicht daran erinnern, sie jemals gesehen zu haben.

Auch an Vaters Geschwister kann ich mich kaum erinnern; Tante Aurélie hatte einen einzigen Sohn, der im Alter von zwölf starb, Tante Lucie war zwar meine Taufpatin, ich habe aber nie auch nur das kleinste Geschenk von ihr bekommen. Sie heiratete einen Oberst, wurde Witwe und heiratete dann einen Millionär. Sie bekam drei Söhne, einer besitzt ein stattliches Möbelgeschäft, der zweite züchtet Pferde, dem dritten gehört eine große Bar in Metz. Tante Lucie lebt in einem äußerst weitläufigen Haus in Le Havre, hat eine Haushälterin und genießt auch sonst jeden erdenklichen Komfort.

Als ich 1986 endlich meine Schwester Huguette besuchte, fassten wir einen Plan: Wir beschlossen, nach Italien zu fahren und dort den Wurzeln unserer Familie nachzuspüren. Ich wunderte mich darüber, dass Huguette sich vor dieser Reise fürchtete. Endlich rückte sie mit dem Grund heraus: Sie hatte gehört, dass die Albertinis der Unterwelt angehört hätten und vor der Polizei nach Frankreich geflohen seien.

Bis zum heutigen Tag weiß ich nicht, ob an diesem Gerücht etwas dran ist. Auf jeden Fall waren meine Großeltern sehr arm und konnten meinen Vater nicht in die Schule schicken. Deswegen schuftete Vater in Frankreich als ungelernte Hilfskraft, wie so viele andere Gastarbeiter auch. Er fand eine schlechtbezahlte Anstellung in einer Fabrik und konnte sich keine Hoffnungen auf eine Karriere machen. Aber wegen seines Charmes flogen ihm die Frauenherzen nur so zu; mehr brauchte Vater nicht, um glücklich zu sein.

Am 12. Mai 1937 erhielt mein Vater die französische Staatsbürgerschaft, am 14. August desselben Jahres heiratete er meine Mutter und schon im Dezember kam ihre erste Tochter zur Welt, Huguette. Ich vermute, dass meine Eltern nur geheiratet haben, weil ein Kind unterwegs war. Haben sie sich geliebt? Wahrscheinlich. Doch mein Vater sollte den Krieg nicht überleben.

Mutter war wunderschön; Vater verzehrte sich vor Eifersucht, vor allem verdächtigte er seinen Bruder Robert. Wenn meine Mutter Onkel Robert versehentlich zu lange ansah, verprügelte Vater sie, sobald sie wieder allein waren.

Mutter wurde 1919 in Lyon geboren und auf den Namen Georgette Louise getauft. Ich habe ein Foto von ihr, das nach dem Krieg in Metz aufgenommen wurde. Auf diesem Foto steht sie inmitten meiner vier Halbbrüder und -schwestern aus ihrer zweiten Ehe. Sie war brünett, groß und sehr schlank und liebte es, sich schick anzuziehen. Ich finde, sie strahlte immer etwas ganz Besonderes aus – was meinen Vater aber nicht davon abhielt, auch nach der Heirat fremden Rockzipfeln nachzujagen.

Zumindest einen Seitensprung hat er zugegeben; dabei schwängerte er ein unglückliches Mädchen, das sich in meinen Vater verliebt hatte und nicht ahnte, dass er verheiratet war. Irgendwie bekam dieses Mädchen unsere Adresse heraus und klopfte an einem Tag im Juli 1938 an die Haustür. Meine Mutter öffnete – und erst jetzt verstand das Mädchen seine Lage. Verloren stand es da, sein zwei Monate altes Kind in den Armen, und brach in Schluchzen aus.

Meine Mutter behandelte es sehr freundlich, bot ihm einen Kaffee und einen Stuhl an. Doch das Mädchen war am Boden zerstört, weigerte sich auf die Rückkehr meines Vaters zu warten und floh aus dem Haus. Zum Abschied kündigte sie an, nach Amerika auszuwandern. Wir haben nie wieder von ihr gehört; bis heute weiß ich nicht, was aus ihr geworden ist.

Als mein Vater abends von der Fabrik heimkam, erzählte Mutter ihm, was vorgefallen war. Natürlich konnte er die Sache nicht abstreiten.

Sobald Vater am nächsten Tag in die Arbeit gegangen war, packte Mutter einen Koffer, setzte Huguette auf den Stufen der Kathedrale von Metz aus und sprang im Bahnhof auf den nächstbesten Zug. Sie hatte keine Ahnung, wohin sie fliehen wollte. Am letzten Bahnhof stieg sie aus, in Straßburg. Dort fand sie noch am gleichen Tag eine Anstellung als Tellerwäscherin in einem Restaurant. Nach einem Monat erhielt sie ihren ersten Lohn und ging gleich zum Arzt, weil ihr ständig übel wurde. Von ihm erfuhr sie, dass sie schwanger war – mit mir.

Trotzdem arbeitete sie weiter, bis mein Vater sie aufspürte und sie inständig bat, doch wieder zu ihm zurückzukehren. Und meine Mutter gab nach; trotz allem hatte sie sich noch ein bisschen Zuneigung für meinen Vater bewahrt. Also fuhr sie mit ihm nach Metz zurück, holte Huguette aus dem Waisenhaus und brachte mich wenige Monate später zur Welt, am 4. April 1939.

Diese abenteuerliche Episode ihres Lebens erzählte mir Mutter erst etliche Jahre später, als ich schon fast erwachsen war. Eines Tages nähten wir gemeinsam, als sie mir mit verschwörerischer Miene zuflüsterte: »Weißt du, dass du eine Schwester in Amerika hast?«

Das machte mich natürlich neugierig und ich löcherte Mutter so lange, bis sie die ganze Geschichte erzählte. Da sie von dem Mädchen, das Vater geschwängert hatte, nie mehr etwas gehört hatte, war sie fest davon überzeugt, dass es wie geplant nach Amerika ausgewandert war. Das Schicksal dieser Frau beschäftigt bis heute meine Phantasie, hin und wieder denke ich an meine Halbschwester, die am anderen Ende der Welt wohnt und die ich vielleicht eines Tages treffen werde, wer weiß?

Nach Mutters Rückkehr lebte unsere Familie wieder friedlich dahin – ganze sechs Monate lang, dann begannen die materiellen Sorgen. Der Krieg brach aus, das Leben wurde härter. Die Kundinnen, für die meine Mutter geschneidert hatte, blieben allmählich weg und der Lohn meines Vaters reichte gerade zum Überleben. Doch die Familie wuchs weiter, im Juli 1940 kam Gilbert zur Welt. Von da an waren Einnahmen und Ausgaben nicht mehr unter einen Hut zu bekommen. Zähneknirschend verkaufte Mutter allmählich ihren armseligen Schmuck, die Ersatzvorhänge und schließlich alle Möbel, die wir entbehren konnten.

Nach der Invasion der Deutschen verließen viele Nachbarn ihre Wohnungen und kamen nie wieder zurück; vielleicht sind sie auf ihrer Flucht gestorben, vielleicht haben sie sich fern von den Nazis wieder niedergelassen.

Damals zog ein Zigeuner namens Eugène Zender in unser Viertel, ein kleiner, verschrumpelter Mann, der seinen Wohnwagen aufgab und sich einfach in einem der verlassenen Häuser einnistete. Schon bald begann er meiner Mutter schöne Augen zu machen. Jedesmal, wenn sie zum Einkaufen ging, lief er ihr »zufällig« über den Weg. Manchmal klingelte er sogar bei uns, unter einem windigen Vorwand, einfach nur, um meine Mutter kurz zu sehen und ein paar Worte mit ihr zu wechseln.

Schließlich erzählte Mutter meinem Vater von dem Fremden, sie kannte ja seine Eifersucht. Vater verbot ihr daraufhin, dem Zigeuner die Tür zu öffnen oder auf der Straße mit ihm zu sprechen. Doch der Fremde ließ sich nicht abschrecken, jetzt sprach er meinen Vater regelmäßig auf der Straße an und versprach ihm eine gute Verdienstmöglichkeit. Manchmal schenkte er ihm sogar Mehl, Eier oder sonstige Dinge, »für die Kinder«. Irgendwann sah unsere Versorgungslage dann so hoffnungslos aus, dass Vater sich schließlich widerwillig bereit erklärte, sich auf das gefährliche Spiel des Zigeuners einzulassen und mit ihm zusammenzuarbeiten.

Das »Geschäft« des Zigeuners bestand aus Schwarzhandel und gelegentlicher Kleinkriminalität. Ein paar Monate lang ging alles gut, die zwei freundeten sich an, der Zigeuner wurde bei uns zu Hause empfangen wie ein Prinz.

Eines Nachts zogen die beiden zu einem großen Coup los, Vater war zwar nervös, konnte aber keinen Rückzieher mehr machen, zu sehr hatte er sich an die Einnahmen aus seinem »Nebenjob« gewöhnt. Zum Abschied sagte er meiner Mutter: »Wenn ich geschnappt werde, weißt du von nichts, ist das klar?«

Der Coup scheiterte, noch dazu starb ein deutscher Wachmann. Am nächsten Morgen, dem 21. Januar 1943, klingelte die Gestapo an unserer Tür und fragte nach meinem Vater. Und jetzt raten Sie mal, wer ihn verpfiffen hatte! Eugène Zender! Auf diese Weise wollte er sich Vater vom Hals schaffen und dann ungestört meine Mutter erobern. Aber es kam alles ganz anders: Die Gestapo verhaftete uns alle und stopfte uns in einen Zug, der uns ins Ungewisse mitnahm. Mutter war zu diesem Zeitpunkt bereits wieder schwanger.

2

In der Hölle der Konzentrationslager

Die nächsten zwei Jahre waren schrecklich; wir wurden von einem Konzentrationslager ins nächste verfrachtet. Ich kann mich nicht mehr an viel erinnern, aber die wenigen Bilder, die sich in mein Gedächtnis gebrannt haben, verfolgen mich bis heute. Bei unserer Verhaftung 1943 war ich gerade einmal vier Jahre, bei der Befreiung durch die Russen am 20. Juni 1945 sechs Jahre alt. Zwei Jahre lang sah ich jeden Tag Leid, Gewalt und Tod.

Erst viele Jahre später konnte ich die Stationen meines Kreuzwegs rekonstruieren: Mervmich, Falkenhain, Gladtz, Striegau und schließlich Halbstadt. Auf dem Totenschein meines Vaters steht als Sterbeort Zschadrass.

Diese Namen sagten mir alle nichts und damals hatte ich natürlich überhaupt keine Ahnung, wo die Deutschen uns gerade festhielten. Ich erinnere mich nur an lange Bahnfahrten in Viehwaggons, in denen wir zu Hunderten buchstäblich aufeinander gestapelt waren.

Viele Leute glauben, es hätte vielleicht ein halbes Dutzend Konzentrationslager gegeben, jene berüchtigten Lager wie Auschwitz, Dachau, Buchenwald, Mauthausen oder Bergen-Belsen, die ständig in den Medien erwähnt werden. Erst bei den Recherchen zu diesem Buch wurde mir klar, dass es damals Hunderte von Konzentrationslagern gegeben hat.

Jedes der großen Lager war von Satellitenlagern umgeben, Ravensbrück von 31, Auschwitz von 33, Buchenwald von 109! Während meiner Nachforschungen stieß ich nie auf die Namen Mervmich und Gladtz, sie müssen also unbedeutendere Nebenlager gewesen sein. Falkenhain war ein Satellitenlager von Flossenburg, Striegau und Halbstadt gehörten zu Gross-Rosen und Zschadrass zu Buchenwald, alle diese Orte lagen in Polen.

Nachträglich erstaunt mich am meisten, dass unsere Familie nie getrennt wurde. An die erste Zeit unserer Gefangenschaft kann ich mich gar nicht mehr erinnern, wahrscheinlich wurden wir in ein einfaches Gefangenenlager gesteckt, wo die Tage ereignislos und langweilig dahinkrochen und sich mir deshalb nicht weiter einprägten. Ich erinnere mich nur an die Holzbaracken, in denen es im Winter schrecklich kalt war und im Sommer vor Fliegen wimmelte.

Das Schlimmste erlebte ich im letzten Lager, wo mein Vater ermordet wurde, sechs Monate bevor die Russen kamen. Damals war ich schon fünf und was ich dort gesehen habe, werde ich nie vergessen.

Schon bevor wir das Eingangstor durchfahren hatten, wussten wir, dass wir ein Vernichtungslager erreicht hatten, das grundsätzlich niemand mehr lebend verließ. Eine Frau beugte sich zu meiner Mutter und sagte: »Hier gehen wir alle drauf!« Daran kann ich mich noch erinnern, als ob es gestern gewesen wäre. Diese Frau hieß Marie und weinte herzzerreißend; man hatte ihr die Kinder weggenommen, wahrscheinlich waren sie längst tot. Plötzlich holte sie Holzspielzeug aus einer Tasche, kleine Küken, die piepten, wenn man an einer Schnur zog. Marie hielt sie mir hin und sagte: »Nimm sie, Kleine! Meine Kinder brauchen sie nicht mehr.« Ich nahm die Küken und barg sie in meinen kleinen Händen wie den wertvollsten Schatz. Seit unserer Deportierung hatte ich kein Spielzeug mehr gehabt, überhaupt war uns alles Spielen verboten. Wenn wir Kinder lachten, schlugen uns die Soldaten.

Trotzdem habe ich es geschafft, Maries Küken bis zum Ende zu behalten. Was aus Marie geworden ist, weiß ich nicht: Schon als wir bei unserer neuen Unterkunft ankamen, fehlte sie. Auch später habe ich sie nie mehr gesehen. Nur die Erinnerung an ihre Tränen – und die Küken – ist mir geblieben, denn in der Aufregung nach unserer Befreiung sind sie irgendwo verloren gegangen. Wahrscheinlich sind sie im Lager geblieben, wie meine kindliche Unschuld auch.

Sosehr ich später auch versucht habe, ein weiteres

Exemplar dieser Küken aufzutreiben, nie ist es mir gelungen. Ich würde jeden Preis dafür bezahlen und noch heute betrete ich manchmal einen Spielwarenladen, durchstöbere die Bestände eines Trödlers oder suche auf Flohmärkten, immer in der Hoffnung, diesen Teil meiner Kindheit wiederzufinden.

Erst hinter den Toren des letzten Lagers begann der Horror wirklich. Wie die anderen bestand es aus langen Holzbaracken, die nach Unglück und Unterdrükkung rochen. Wie in den anderen Lagern schliefen wir auch hier auf Strohhaufen, schlangen wir an einem langgestreckten Holztisch schnell herunter, was uns als »Mahlzeit« zugeteilt wurde. Doch im Gegensatz zu den anderen Lagern sollte hier niemand mehr lebend herauskommen. Dieses KZ war eine riesige Tötungsmaschine, in deren Mitte der Verbrennungsofen jeden Tag neue unschuldige Opfer verschlang wie die barbarischen Götter, von denen die Legenden sprechen.

Nach jeder Verbrennung mussten die Kinder, die älter als fünf Jahre alt waren, bei der Säuberung helfen und den nächsten Durchgang vorbereiten. Vor allem mussten wir die Knochen, die nicht vollständig verbrannt waren, zu einer Zerkleinerungsmaschine hinübertragen. Nie werde ich die noch rauchenden Gebeine in meinen Händen vergessen, oder die soliden und zuverlässigen Schubkarren, die wir benutzten, echte deutsche Wertarbeit.

Aber es gab Schlimmeres, wie ich bald herausfinden sollte. Unter einer der Baracken lag ein Keller, in dem etliche lange, mit weißem Email überzogene Tische standen. Mehrere Male wurden meine Mutter und ich abgestellt, diesen Keller mit einem Wasserstrahl von dem Blut zu reinigen, das überall klebte. Ich hielt den Schlauch und spritzte alles ab, während Mutter das rote Abwasser zu dem Abfluss im Boden lenkte.

Während dieser Arbeit wechselten wir kein Wort, nur hin und wieder zeigte mir Mutter mit einer Geste, wo ich noch einmal drüberspritzen sollte. Natürlich fragte ich mich, woher all das Blut stammte, fand aber keine Antwort. Im Lager kursierten die verschiedensten Gerüchte; die einen munkelten von medizinischen Experimenten, die anderen von Folterungen, wieder andere behaupteten, dass die Deutschen das Blut der Gefangenen abzapften, um damit verwundete Soldaten zu versorgen.

Rückblickend wundere ich mich, wie ich solche Arbeiten erledigen konnte, ohne unter der Last des Schreckens zusammenzubrechen. Wenn ich heute einen rauchenden Haufen menschlicher Knochen sähe, müsste ich mich bestimmt übergeben. Aber damals wunderte ich mich nicht, nichts konnte mich kaum Sechsjährige schockieren. Andere Mädchen spielen in diesem Alter fröhlich mit ihren Puppen und ich spülte das Blut gefolterter Menschen von den Wänden. Diese verhasste Aufgabe gehörte eben zu meiner täglichen Routine, was sollte ich groß darüber nachdenken? Nach zwei Jahren im Lager hatte ich längst vergessen, wie schön unser Leben in Metz früher gewesen war.

Wie auch immer, es blieb mir ja gar nichts anderes übrig, als zu gehorchen. Wer einen Befehl verweigerte, wurde auf der Stelle bestraft. Einmal ließ ein schmächtiges Mädchen meines Alters vor lauter Erschöpfung ihre Schubkarre umkippen – wir bekamen ja so wenig zu essen, dass wir uns kaum auf den Beinen halten konnten. Daraufhin schoren die Wachleute sie kahl und hängten sie vor unseren Augen auf. Dann mussten wir unsere Arbeit fortsetzen.

Christiane, meine jüngste Schwester, kam im Lager zur Welt. Meine Mutter stillte sie, hatte aber wegen der schlechten Ernährung nur gerade genug Milch, um Christiane am Leben zu halten. Verzweifelt durchsuchten wir den Müll der Deutschen nach irgendwelchen Essensresten. Manchmal fingen wir auch Ratten und aßen sie roh – eine Kochgelegenheit hatten wir nicht. Seit dieser Zeit kann ich jedes Fleisch roh verspeisen, ohne den geringsten Ekel zu spüren.

Eines Tages rochen wir, vier Kinder etwa meines Alters, den wunderbar süßen Duft frischen Kuchens. Gebannt folgten wir seiner Spur bis in die Küche, wo ein Gefangener für die Deutschen riesige Kuchen gebacken hatte.

»Nein!«, sagte der Koch, der natürlich sofort erriet, warum wir gekommen waren. »Ich kann euch nichts abgeben; wenn die Deutschen es herausfinden, bringen sie mich um.« Doch schließlich gab er nach, vielleicht wegen unserer ausgehungerten Gesichter, vielleicht von unserer Hartnäckigkeit entnervt. Und so schob er jedem von uns heimlich ein Stück Kuchen zu. Ich habe meines in drei oder vier riesigen Bissen heruntergeschlungen, so hungrig war ich. Schmeckte das gut!

Gerade hatten wir aufgegessen, da hörte ich die schweren Stiefel der Deutschen näher kommen. Meine Spielkameraden blödelten herum und hörten meine Warnungen überhaupt nicht. In letzter Sekunde zog ich zwei von ihnen aus der Küche. Aber ein Mädchen blieb, sie war so in ihr Gespräch mit dem Koch vertieft, dass sie gar nicht mitbekam, in welcher Gefahr sie schwebte. Was ist mit ihr geschehen? Ich weiß es nicht; jedenfalls habe ich sie nie wieder gesehen. Den Koch jedenfalls haben die Deutschen noch am gleichen Tag aufgehängt. »Als warnendes Beispiel«, wie sie immer sagten.

Der arme Mann starb wegen uns und doch spüre ich keine Gewissensbisse, sondern nur noch größeren Hass auf diese Saukerle, die uns seelisch und körperlich gefoltert haben. So lauteten die Regeln des Lagers nun einmal: Es hieß, um jeden Preis zu überleben; dazu war jedes Mittel recht.

Von Monat zu Monat wurden die Deutschen nervöser, gemeiner und grausamer, wahrscheinlich weil sie merkten, dass sie den Krieg unweigerlich verlieren würden. Immer häufiger lief der Verbrennungsofen, wir mussten mit unseren Schubkarren fast rennen, ständig brüllten die Wachleute: »Schneller, schneller!«

Manchmal nahmen sich die Nazis nicht einmal mehr die Zeit, die Todeskandidaten zu ermorden, bevor sie sie in den Ofen schoben: Ich schwöre bei Gott, dass ich Männer und Frauen gesehen habe, die lebendig verbrannt wurden! Und ich kann überhaupt nicht verstehen, wenn heute einige Leute zu behaupten wagen, eine systematische Vernichtung von Menschen hätte es unter den Nazis nicht gegeben. Ich, ein fünfjähriges Mädchen, habe sie erlebt, ich habe das Krematorium gesehen, Leichenberge, überall.

Meinen Vater haben die Deutschen auf eine besonders infame Art ermordet: Sie drückten ihm eine Schaufel in die Hand, sperrten ihn in einen etwa drei mal drei Meter großen Käfig und ließen ihn ein Loch ausheben – sein eigenes Grab. Vater war so schwach, dass er nur sehr langsam graben konnte, doch nach drei Tagen hielten die Wachen die Grube für tief genug. Dann riefen sie uns zusammen, Mama, Christiane, Huguette, Gilbert und mich, damit wir der Exekution zusähen. Es war der 6. Februar 1945, es herrschte eine schreckliche Kälte. Vater trug eine schwarze Lederweste über seiner Häftlingskleidung und trotz seiner eingefallenen Wangen war er mit seinen achtundzwanzig Jahren noch ein sehr schöner Mann.

Er starb vor unseren Augen, von Kugeln durchsiebt. Als sein Körper in das von ihm selbst geschaufelte Grab stürzte, erstickten wir unsere Schreie, aus Angst, die Deutschen könnten ihre Waffen auf uns richten. Warum haben sie ihn auf so unmenschliche Weise ermordet? Manche Soldaten haben nicht nur ihre »Pflicht« erfüllt, sondern fanden Spaß daran, Menschen zu quälen und zu töten. Andere, vor allem jüngere Soldaten, sträubten sich zwar innerlich gegen die Exekutionsbefehle, hatten aber keine Wahl, als sie auszuführen.

Eine Stunde nach dem Tod meines Vaters musste ich weiterarbeiten.

Der Tod war allgegenwärtig im Lager und wurde mir bald sehr vertraut. Ich sah so viele Leichen, dass ich keinen Gedanken mehr an sie verschwendete. Ich war völlig abgestumpft. Ich nahm die Grausamkeiten um mich herum mit offenen Augen wahr, sie brannten sich in mein Gedächtnis, aber sie berührten mich damals nicht. Nur der instinktive Wille zu überleben trieb mich voran, gab mir die Kraft weiterzumachen.

Menschen wurden entlang eines Grabens aufgestellt und erschossen und eines Tages hätte es mich beinahe auch erwischt: Ein Soldat fand mein Arbeitstempo zu langsam und schlug mir mit dem Gewehrkolben brutal auf den Kopf. Ich brach bewusstlos zusammen, doch erstaunlicherweise ließ man mich leben. Mama brachte mich in Sicherheit und pflegte mich einige Tage lang. Scheinbar erholte ich mich schnell von diesem fürchterlichen Schlag – seine schrecklichen Folgen für meine Gesundheit bemerkte ich erst viel später.

Unsere Rettung rückte immer näher, doch Huguette wurde noch im letzten Moment Opfer der Schlächter. Aus reinem Spaß schoss ein Soldat ihr eine Kugel in den Kopf. Erstaunlicherweise starb Huguette nicht an der Verletzung, aber sie erblindete.

Das merkwürdigste an dieser Episode aber war, dass die Deutschen sogar Huguettes Wunde versorgten! Da brachten sie erst kaltblütig Tausende Menschen um und dann kümmerten sie sich um eines ihrer eigenen Opfer. Und so trug Huguette einen turbanähnlichen Verband auf dem Kopf, als die Russen das Lager befreiten.

Später entwickelte sich meine Schwester zu einer schönen und eleganten jungen Frau, trotz ihrer Behinderung heiratete sie zweimal und bekam insgesamt sechs Kinder. Heute lebt sie mit ihrem zweiten Mann in Straßburg – und trägt immer noch ein Souvenir dieses deutschen Schweins mit sich herum: eine Kugel, die seit ihrem achten Lebensjahr in ihrem Kopf steckt. Nach unserer Rückkehr nach Frankreich rieten die Ärzte dringend davon ab, das Projektil zu entfernen. Anscheinend steckt es nicht fest, sondern wandert im Kopf herum, was eine Operation zu gefährlich machen würde. Huguette wird also mit ihrem seltsamen Untermieter im Kopf sterben.

Wir entkamen der Vernichtung nur um Haaresbreite; als die Russen das Lager befreiten, lebten nur noch knapp hundert Gefangene. Wären die Russen nur wenige Tage später gekommen, wären wir wahrscheinlich schon verbrannt gewesen.

3

Die Fallsucht

Man brachte uns mit dem Flugzeug in die Heimat zurück, am 20. Juni 1945 landeten wir in Colmar, von wo wir den Zug nach Metz nahmen. Meine Mutter fand in der Rue de la Croix-de-Lorraine eine Unterkunft für uns und bald nahmen wir wieder ein fast normales Alltagsleben auf, vor allem wir Kinder. Anscheinend haben Kinder eine außergewöhnliche Fähigkeit, erlittene Schrecken zu vergessen, und ich ganz besonders: Durch den Schlag auf den Kopf hatte ich mein Gedächtnis fast vollständig verloren, ich konnte mich an fast nichts mehr aus unserer Gefangenschaft erinnern. Erst viel später, mit Beginn meiner ersten Monatsblutungen und der gleichzeitig einsetzenden epileptischen Anfälle, kamen die Erinnerungen schlagartig zurück.

Damals gingen wir in die Poncelet-Schule, die später in eine Kaserne umgewandelt wurde. Unsere Lehrerin, Madame Vauthier, behandelte mich und meine Geschwister ausgesprochen nett. Wahrscheinlich wusste sie, was wir durchgemacht hatten, sie war aber klug genug, es nie vor der Klasse zu erwähnen; das hätte alle nur in Verlegenheit gebracht. Wäre Huguette nicht blind gewesen, hätte man uns für ganz normale Schülerinnen halten können. Doch meine Mutter war durch die Zeit im Lager so traumatisiert, dass sie nicht mehr arbeiten konnte. Zum Glück wurde Vater als »gefallen für das Vaterland« eingestuft, weshalb Mutter eine schmale Witwenrente bekam, die gerade so zum Überleben reichte.

Und hier kam Monsieur Zender wieder ins Spiel. Der Krieg hatte ihn auf wundersame Weise verschont, mit seiner Durchtriebenheit war er jeder Gefahr entkommen. Er besuchte uns häufig und brachte jedesmal Lebensmittel mit. Unser Vorratsschrank war ständig so leer, dass Zenders Geschenke trotz allem höchst gelegen kamen. Schließlich erhörte Mama sein Werben und holte ihn zu uns ins Haus. Einige Jahre später, am 15. September 1953, heirateten sie.

An dem Tag, als Zender bei uns einzog, wurde unser Leben wieder zur Hölle. Streng wies er uns an, ihn »Pa« zu nennen, heimlich nannte ich ihn aber »den Maulwurf«, schließlich hatte er Papa an die Deutschen verraten – das erfuhr ich übrigens, als ich eine nächtliche Unterhaltung zwischen ihm und meiner Mutter belauschte. Er war wieder einmal sturzbetrunken nach Hause gekommen und veranstaltete einen solchen Radau, dass ich aufwachte. Ich hörte

Stimmen aus dem Schlafzimmer meiner Mutter; neugierig stand ich auf und lauschte an der Tür. Zuerst erkundigte sich der Maulwurf lallend bei meiner Mutter: »Und wie war dein Tag?« »Wie immer«, antwortete Mutter knapp. Und ganz unvermittelt fragte er: »Sag mal, hast du Antoine geliebt?« Diese Frage kam völlig überraschend, zumal der Maulwurf meinen Vater auch nie beim Namen nannte, sondern immer nur bei dem merkwürdigen Spitznamen »Rotschopf«.

»Nein«, antwortete meine Mutter, erschrocken. Aber ich wusste, dass sie log.

Dann fuhr der Maulwurf fort: »Du siehst, schließlich habe ich dich doch bekommen. Und du glaubst ja wohl selbst nicht, dass ich je gestehen würde, ihn verpfiffen zu haben.«

Mama bekam noch vier Kinder von diesem Mann: René (1946), Albert (1948), Roger (1950) und Sylvia (1954). Der Unterschied zwischen ihnen und uns Kindern aus der ersten Ehe – Huguette, Christiane, Gilbert und mir – stach sofort ins Auge: Sie waren immer gut gekleidet, es fehlte ihnen an nichts, wir hingegen bekamen nicht so viel Aufmerksamkeit ...

Ganz allmählich wurde ich zum Aschenputtel des Hauses; man hätte wirklich meinen können, dass sich das Schicksal gegen mich verschworen hatte. Ich hatte keine Chance: Huguette war blind, Gilbert ein Junge und Christiane zu jung; es blieb für die Hausarbeit also nur ich übrig. Natürlich kam es überhaupt nicht in Frage, dass Zenders Kinder im Haushalt auch nur einen Finger rührten. Erstens waren sie noch zu jung und zweitens gab es ja Aschenputtel, das sich um alles kümmern konnte. Jede Drecksarbeit im Haus wurde mir aufgebürdet, ich wachste den Fußboden, hackte Späne für das Feuer oder holte Kohlen aus dem Keller.

Damals lebten wir in einem kleinen Haus und teilten uns mit zwei anderen Gebäuden einen Hof, in dessen Mitte sich ein Wasserhahn und ein Holzbrett für die Wäsche befanden. Und wer musste die wohl erledigen? Natürlich ich. Am Donnerstag hatte ich keine Schule, also schrubbte ich Kleidungsstücke, selbst im Winter, wenn mir im eiskalten Wasser schier die Hände abfroren. Jeden Abend musste ich außerdem den Ofen reinigen, mit einem groben Schmirgel, der mir die Hände aufriss. Hausaufgaben waren zweitrangig, Hauptsache, ich erledigte meine Frondienste zu »Pas« Zufriedenheit. Und aus lauter Dankbarkeit schlug er mich auch noch!

Dennoch fand ich am Donnerstag Zeit, zum Katechismusunterricht zu gehen, während die Wäsche im Bottich einweichte. Meine Mutter, eine sehr gläubige Frau, hatte mich heimlich dafür eingeschrieben, denn Zender verachtete die Religion und verbot, im Haus darüber zu sprechen. Nur folgerichtig verbot er mir später, zur Erstkommunion zu gehen, und Mama wagte nicht, ihm zu widersprechen. Doch der Glaube an Gott, den ich zu jenem Zeitpunkt in mir entdeckte, half mir, mein hartes Leben zu ertragen. Nur ihm hatte ich meine Rettung aus den Todeslagern zu verdanken. Ganz offensichtlich wachte er über mich und würde mich auch in Zukunft beschützen. Und das war auch dringend nötig, denn es wurden mir immer neue Prüfungen auferlegt, wie auf einem Kreuzweg.

Die nächste Prüfung ließ nicht lange auf sich warten: Ich war vierzehn Jahre alt und bügelte gerade (muss ich erwähnen, dass Bügeln auch zu meinen Pflichten gehörte?), als plötzlich meine linke Hand unkontrollierbar zu zucken begann. Bald ergriff dieses Zittern den Arm und wenige Sekunden später bebte ich am ganzen Körper. Ich hatte das Gefühl zu ersticken und fiel in Ohnmacht.

Erschrocken holte Mutter einen Arzt, der sofort Epilepsie diagnostizierte: »Das kann man nicht behandeln«, meinte er knapp, hinterließ seine Rechnung und ein Röhrchen *Gardénal*, »zur Beruhigung beim nächsten Anfall«.

Leider lag der Arzt mit seiner Blitzdiagnose genau richtig! Nach diesem ersten Anfall folgten zahlreiche weitere; meistens überraschten sie mich, wenn ich es am wenigsten erwartete. Hinterher fühlte ich mich jedesmal ausgelaugt und benommen, für das normale Leben nicht mehr zu gebrauchen. Die Attacken liefen immer gleich ab, begannen mit der linken Hand und erfassten schnell den restlichen Körper. Meist geschah alles so schnell, dass ich nicht mehr reagieren konnte und wie vom Blitz getroffen zu Boden stürzte.

Während ich ohnmächtig dalag, überkamen mich regelmäßig vergessene Bilder, die urplötzlich aus den Tiefen des Gedächtnisses an die Oberfläche gespült wurden: Ich sah Soldaten, die riesige, schwarz glänzende Stiefel trugen, vor mir auf und ab marschierten und unverständliche Befehle brüllten. Als ich meiner Mutter von diesen schrecklichen Bildern erzählte, musste sie mich daran erinnern, was wir zwischen 1943 und 1945 erlebt hatten. Ich selbst hatte diesen Horror jahrelang verdrängt, doch mit dem ersten epileptischen Anfall – der vielleicht eine Spätfolge des Hiebs mit dem Gewehrkolben war – kam die Erinnerung mit all ihren Schrecken wieder zurück. Ich war von diesem Bild riesiger, drohender Stiefel wie besessen, sie erinnerten mich an schwarze, bösartige Skarabäen. Ich weiß natürlich, woher dieses Bild rührt: Damals war ich ja so klein, dass mir die Stiefel der Soldaten bis zu den Augen reichten – und Grund genug, mich vor ihnen zu fürchten, hatte ich!

Zender kannte kein Mitleid und wurde immer gemeiner und brutaler zu mir, während er Huguette erstaunlicherweise immer freundlicher behandelte – bald sollte ich auch verstehen, warum.

Wenn ich etwas zerbrach oder verschüttete, setzte

es unweigerlich Hiebe. Schlimmer noch, manchmal befahl er meiner Mutter, mich zu schlagen. Und obwohl sie sich innerlich dagegen sträubte, verpasste sie mir dann eine Ohrfeige – nie hätte sie es gewagt, Zender zu widersprechen.

Mit den Jahren war der Maulwurf nicht viel seriöser geworden, immer noch verdiente er sein Geld mit dubiosen Geschäften, über deren genaue Natur und Profitabilität er die Familie im Unklaren ließ. Sein »Unterschlupf« war eine kleine Holzhütte im Hof, die er immer absperrte. Er verbot uns, sie zu betreten, dennoch wussten wir natürlich, dass er dort seine Schätze aus den Kriegszeiten aufbewahrte.

Meistens trieb »Pa« anscheinend irgendwelche Metallreste auf, die er dann an Alteisenhändler weiterverkaufte. Ich erinnere mich noch, dass wir Zender jeden Sonntag in den Wald begleiten mussten, um dort Patronenhülsen der Jäger einzusammeln. Zu Hause löste er das in den Hülsen verbliebene Blei heraus, schüttete es in einen deutschen Stahlhelm, schmolz es auf dem Ofen, goss es in Barren und verkaufte es.

Zender war ein ziemlicher Säufer und Raufbold, oft verschwand er am Abend gleich nach dem Essen und kam erst mitten in der Nacht zurück, sturzbetrunken. Um am nächsten Morgen wieder in die Gänge zu kommen, schlürfte er direkt nach dem Erwachen zwei rohe Eier. Nie ging er ohne Waffe aus dem

Haus, meistens trug er ein Messer, manchmal sogar eine Pistole. Eines Tages kehrte er mit blutgetränktem Hemd heim, am Bauch klaffte eine gut zehn Zentimeter lange Wunde. »Schnell, bring mir ein paar Wäscheklammern!«, rief Mama mir zu. Also sauste ich zum Wäschekorb, holte welche und half Mama dabei, mit den Wäscheklammern die Wunde zu verschließen, bis der Arzt kam.

Ich muß ungefähr fünfzehn gewesen sein, als ich entdeckte, dass Zender Huguette missbrauchte. An einem Donnerstag kam ich ungewöhnlich früh nach Hause, weil der Katechismusunterricht ausgefallen war, und hörte Stöhnen aus einem Zimmer. Neugierig öffnete ich die Tür und erblickte meinen Stiefvater, der gerade Huguette vergewaltigte. Doch anstatt sich zu schämen, raste Zender vor Zorn und verprügelte mich nach Strich und Faden, was bei mir einen epileptischen Anfall auslöste.

An jenem Abend verließ mich jeder Lebensmut. All das Leid, das ich über die Jahre erduldet hatte, drohte mich zu ersticken, ich musste unbedingt irgendjemandem erzählen, wie schlecht es mir ging, aber wem? Ich hatte keinen Freund auf dieser Welt, keinen vertrauten Menschen. Für mich gab es keine Hoffnung mehr, mein Dasein erschien mir wie ein langer schwarzer Tunnel ohne Ende.

»Warum noch leben?«, fragte ich mich. Und das Mittel, diesen bösen Traum zu beenden, hatte ich immer in Reichweite: das Gardénal. Der Arzt hatte mich ausdrücklich gewarnt: »Nimm auf keinen Fall zu viele auf einmal! Du könntest daran sterben!« Ärzte sollten nie solche Ratschläge geben; die Versuchung war einfach zu groß. Also schluckte ich den Inhalt eines ganzen Röhrchens, in der Hoffnung, friedlich zu entschlafen.

Aber Gott wollte mich noch nicht zu sich nehmen. Stattdessen endete mein Abenteuer mit einer schmerzhaften Magenspülung und zwei Tagen im Krankenhaus. Dort wunderten sich die Krankenschwestern, dass ein 15-jähriges Mädchen sich umbringen wollte, und versuchten, mich zum Sprechen zu bringen. Schließlich erzählte ich ihnen die ganze Geschichte, worauf sie mir rieten, zur Polizei zu gehen. Ich hasste Zender, diesen Prinzen der Finsternis, so sehr, dass mir diese Idee sofort gefiel. Hoffentlich würde ein Richter ihn ins Gefängnis werfen! Dann könnte die Familie endlich wieder in Frieden leben.

Leider kam alles ganz anders. Kaum hatte ich die Schandtaten des Maulwurfs angezeigt, als die Polizei unser Haus stürmte. Mama wurde völlig hysterisch, schlug sich auf Zenders Seite und warf mir vor, sie verraten zu haben. Schließlich steckten die Behörden uns vier Kinder aus erster Ehe ins Waisenhaus – wobei sie uns zu allem Unglück voneinander trennten: Christiane kam nach Hyères, Gilbert nach Obernai, Huguette und ich blieben in Metz, allerdings in getrennten Heimen.

Bis dahin hatten wir in allem Elend wenigstens unsere Geschwister gehabt, doch jetzt mussten wir dem Leben alleine ins Auge blicken. An jenem Tag wurde die Familie Albertini für immer getrennt. Sehr viele Jahre später habe ich Huguette wieder getroffen, doch von meinen anderen Geschwistern habe ich jede Spur verloren. Huguette erzählte mir, Christiane habe in Hyères geheiratet, Gilbert habe eine Lehre als Elektriker abgeschlossen und sei dann zur Polizei gegangen.

Durch einen Beschluss des Zivilgerichts Metz vom 30. Juni 1954 wurde ich von der Republik adoptiert und blieb im Waisenhaus, bis ich im April 1957 die Volljährigkeit erlangte. An diese drei Jahre im Heim kann ich mich praktisch überhaupt nicht mehr erinnern; ich erlitt oft epileptische Anfälle, nach denen ich jedesmal völlig erschöpft war und unter Gedächtnisverlust litt. Das Einzige, an das ich mich erinnern kann, ist die ruhige, erholsame Atmosphäre im Heim.

Eine der Nonnen, eine sehr warmherzige Frau, hatte mich besonders ins Herz geschlossen. Sie war Krankenschwester und nahm mich überallhin mit, auch zu den Kranken. Täglich beobachtete ich, wie sie Wunden säuberte, Verbände anlegte oder Spritzen gab – ohne zu ahnen, dass ich all diese Aufgaben später in Algerien auch einmal übernehmen würde.

Wenn ich einen Anfall kommen spürte, legte ich mich hin; oft genug schlug meine Krankheit aber ohne Vorwarnung zu, dann fiel ich wie ein Sack zu Boden und tat mir häufig dabei weh. Wahrscheinlich ließ mich die Schwester deswegen nie aus den Augen; mit ihrer Herzlichkeit und ihrer Menschenliebe umsorgte sie mich viel mütterlicher als Mama. Nie zürnte sie mir! Wenn ich im Bett einen Anfall bekam, konnte ich meine Blase nicht mehr beherrschen, doch nie hörte ich den geringsten Vorwurf. Die Schwester wechselte einfach die Laken und beruhigte mich: »Das macht doch nichts, das macht doch nichts.« Tag und Nacht wachte dieser Engel über mich, selbst während der Mahlzeiten im Refektorium. Nur sie hat meinen Lebenswillen aufrechterhalten.

Und obwohl diese Nonne mich so viel mütterlicher geliebt hat als meine leibliche Mutter, werfe ich Mama doch nichts vor. Wenn sie kalt und abweisend geworden ist, dann trägt nur der Maulwurf daran die Schuld, nicht sie.

Mein Bett stand in einem großen Schlafsaal, aber wie viele Mädchen dort geschlafen haben, könnte ich beim besten Willen nicht sagen. Wenn meine Zimmergenossinnen lachten, sah ich zu ihnen hinüber, doch keine sprach mit mir. Sie hatten wohl Angst, durch ein falsches Wort einen Anfall auszulösen. Und so konnte ich in jenen drei Jahren meines Heranwachsens – in einer Phase, in der Einsamkeit ganz besonders schwer belastet – wegen meiner Krankheit keine Freundschaft mit einem gleichaltrigen Mädchen schließen.

4

Die Wegscheide

Als ich nach Erreichen der Volljährigkeit das Waisenhaus verließ, blieb mir nichts anderes übrig, als nach Hause zurückzukehren: Da ich keine Arbeit hatte, konnte ich mir auch keine eigene Wohnung leisten. Zu Hause hatte sich die Atmosphäre zwar verändert, war aber immer noch genauso schrecklich wie früher. Mutter war alt geworden. Mein Stiefvater wagte nicht mehr, sich mit mir anzulegen, doch meine Halbgeschwister empfingen mich wie eine Fremde, die man möglichst schnell wieder loswerden wollte. Auch ich wünschte mir nichts sehnlicher, als möglichst schnell aus diesem Haus zu verschwinden.

Doch gleichzeitig genoss ich die neu gewonnene Freiheit und gönnte mir die kleinen Freuden, auf die ich so lange verzichtet hatte. Meiner Meinung nach stand es mir zu, mich genauso zu vergnügen wie jedes Mädchen meines Alters. Eines Abends wollte ich gerade ins Kino, als mich ein gut aussehender Junge ansprach. Er hieß Gustave und wir gingen ziemlich lang miteinander spazieren. Die Kinovorstellung ließ ich sausen, stattdessen nahm mich Gustave zum Tanzen mit in den *Tunnel*, eine Diskothek – damals sagte man »Tanzpalast« – in der Nähe des Bahnhofs.

Am nächsten Samstag traf ich Gustave wieder. Er war fünfundzwanzig, hatte drei Jahre lang als Freiwilliger in Indochina gedient und arbeitete jetzt bei der Eisenbahn. Ich fand ihn wirklich sehr anziehend und schnell entwickelte sich unser Flirt zu einer festen Beziehung.

Bald fand ich ein möbliertes Zimmer und zog endlich von zu Hause aus. Einen Monat vor meiner Hochzeit ging ich meine Mutter besuchen. Ich kannte die Gewohnheiten des Maulwurfs und wusste also, wann ich Mama ungestört sehen konnte. Als ich ankam, stand die Wohnungstür offen, Mama holte gerade Kohlen im Keller. Ich stieg hinunter und begrüßte sie. Sie schien schwach und konnte nicht einmal mehr den Kohleneimer tragen. »Lili, ich muss dir ein Geheimnis anvertrauen«, sagte sie. »Seit ihr alle ausgezogen seid, zwingt mich mein Mann, regelmäßig ein scheußliches Getränk zu nehmen, angeblich Medizin.«

Ich habe nie herausgefunden, welches Gebräu sie da schlucken musste, und damals hätte ich nie vermutet, dass Zender meine Mutter langsam vergiftete. Tat er das? War sie wegen der »Medizin« so schwach? Ich weiß es bis heute nicht.

Am Tag meiner Hochzeit besuchte ich Mama im

Hôpital de Bon-Secours, in das sie eingewiesen worden war. Zu meinem Entsetzen lag sie im Sterbezimmer und konnte kaum mehr reden. Mit letzter Kraft flüsterte sie: »Verschwinde, Lili, der Maulwurf kann jeden Moment auftauchen!«

Das ist meine letzte Erinnerung an sie: Sie lag im Sterben, überall hingen Schläuche an ihr herum und sie fürchtete nicht den Tod, sondern Zender. Zum Abschied küsste ich ihr nicht die Wangen, nur die Hand.

Am 18. Februar 1958 starb meine Mutter, genau acht Stunden nachdem ich Gustave geheiratet hatte. Aber ich trauerte nicht um sie; eigentlich wollte ich nicht einmal zu ihrer Beerdigung gehen. Als kleines Kind habe ich Mama abgöttisch geliebt, aber dass sie Zender geheiratet hat, habe ich ihr nie verziehen. Wie kann man nur mit einem Kerl zusammenleben, der die ganze Familie ins KZ schickt und dann seine Stieftochter missbraucht?

Später erfuhr ich von Huguette, dass Zender sie schon zwei Jahre lang missbraucht hatte, bevor ich ihn erwischte.

Mit Gustave begann ein neues Leben; im Januar 1959 kam unsere erste Tochter, Thérèse, auf die Welt, im März 1960 unsere zweite, Monique. Doch meine Schwiegermutter, mit der wir zusammenlebten, warf einen schwarzen Schatten auf unser Eheglück: Sie konnte mich von Anfang an nicht ausstehen und versuchte sogar, Gustave von seinen Heiratsplänen abzubringen. Sie hielt es für unter Gustaves Würde, eine Frau mit epileptischen Anfällen zu ehelichen. Dennoch genoss sie später alle Vorteile der Verbindung und rührte selbst keinen Finger mehr. Ganz allein kümmerte ich mich um unseren gemeinsamen Haushalt und jedesmal, wenn ich einen Anfall bekam, nahm sie ihren Sohn zur Seite und raunte ihm zu: »Siehst du jetzt, dass sie nicht die Richtige für dich ist?«

Ich liebte Gustave von ganzem Herzen, er war nett, auch wenn er etwas zu viel trank und zu sehr unter dem Einfluss seiner Mutter stand. Leider schaffte sie es schließlich, ihn zur Scheidung zu überreden; angeblich handelte sie aus Sorge um die Sicherheit unserer zwei Töchter. Und so wurden wir am 27. Oktober 1960 rechtskräftig geschieden, wobei ich allerdings bereits im Laufe des Sommers 1960 aus dem gemeinsamen Haus ausgezogen war. Wenn sie mich schon verstießen, sollten sie wenigstens ihren Haushalt selber erledigen!

Meine Schwiegermutter zog Thérèse und Monique auf und fädelte es so ein, dass der Kontakt zwischen meinen Töchtern und mir vollständig abriss. Ich habe sie nie wieder gesehen und weiß kaum etwas über ihr Leben. Anfänglich schrieb ich noch Briefe an sie, bekam aber nie eine Antwort. Später erfuhr ich dann, dass meine Kinder die Briefe nie zu Gesicht bekommen hatten.

Ich habe von meinen Töchtern nie mehr etwas erfahren, bis ich 1986 aus heiterem Himmel einen Anruf von Monique bekam – die sich aber nicht erkundigte, wie es mir ging, sondern nur verkündete, sie wolle nichts mit einer Mutter zu tun haben, die einen Araber geheiratet habe.

Ich habe nie genau herausbekommen, was meine zwei Töchter heute machen, aber ich glaube, Thérèse arbeitet als Krankenschwester in Metz, Monique ist Kindergärtnerin. Gustave hat übrigens später wieder geheiratet und drei weitere Kinder bekommen.

Nach der Scheidung begann die schwärzeste Phase meines Lebens – selbst nach allem, was ich erlebt hatte, war noch eine Steigerung möglich! Ich hatte kein Geld, bekam keine Alimente und musste deswegen unbedingt eine Stelle finden, um überleben zu können. Damals erlitt ich etwa drei oder vier epileptische Anfälle im Monat – und nach dem ersten Anfall warfen mich meine Chefs jedesmal raus. Und so bettelte ich mich mehr als ein halbes Jahr durchs Leben, schlief unter freiem Himmel, sah bald aus wie ein Clochard und zog ziellos von Stadt zu Stadt, indem ich nachts auf Güterzüge aufsprang und eine Weile mitfuhr.

Gott hatte mich vergessen oder vielleicht hatte ich ihn vergessen. Seit meiner Kindheit hatte mir Mutter eingeschärft, jeden Tag zu beten, aber jetzt war ich zu niedergeschlagen, um zu beten oder eine Kirche zu betreten. Wahrscheinlich war das ein Fehler, denn hätte mich irgendein Pfarrer in diesen schwierigen Augenblicken so unterstützt, wie es später die Weißen Väter in Batna taten, wäre mein Leben vielleicht anders verlaufen.

Stattdessen versank ich immer tiefer im Unglück, jeden Tag ein Stückchen weiter. Bis zu jenem schrecklichen Tag im Februar 1961, als ich mitten auf der Straße einen ganz besonders heftigen Anfall bekam.

Völlig durchgefroren stapfte ich durch Nancy, wohin mich mein Irrweg geführt hatte, bei jedem Schritt knurrte mein leerer Magen. Und dann überfiel mich ein Krampf, so plötzlich, dass ich nicht einmal mehr die Zeit hatte, in ein Café zu fliehen oder um Hilfe zu rufen. Ich brach einfach auf dem Bürgersteig zusammen. Zwei Passanten stürzten herbei, um mir zu helfen. Als ich langsam wieder zu mir kam, erkundigten sie sich nach meiner Adresse, worauf ich eingestehen musste, auf der Straße zu leben. Daraufhin bot einer der Männer an, mich zu sich nach Hause zu bringen. Und so lernte ich meinen zweiten Mann kennen. Auch wenn ich ihn erst zwanzig Jahre später offiziell heiratete, verband sich doch an jenem Februartag sein Schicksal mit meinem.

Er hieß Mohammed Amri, war am 9. September 1931 geboren und somit acht Jahre älter als ich. Er sah gut aus, hatte schwarze Haare und dunkel funkelnde Augen, die mich an die meines Vaters erinnerten. Deswegen hielt ich Mohammed auch für einen Italiener – bis er mir seinen Namen sagte. Er arbeitete als Handlanger in einer Röhrenfabrik in Neufmaisons bei Nancy. Als er mich fand, war ich in einem so erbärmlichen Zustand, dass ich mehrere Tage brauchte, um wieder auf die Beine zu kommen. Endlich hatte ich ein Dach über dem Kopf, ein Bett, eine Heizung! Mohammed kochte für mich und wusch sogar meine Wäsche. Welche Schwierigkeiten wir auch später miteinander hatten, ich werde ihm nie vergessen, dass er mich aus diesem Unglück und dieser Schande erlöst hat.

Denn auch nachdem ich wieder einigermaßen zu Kräften gekommen war, warf er mich nicht aus dem Haus. Zu Recht wies er mich darauf hin, dass ich wegen meiner Anfälle nie einen dauerhaften Job finden und daher sehr bald wieder in die gleiche Abwärtsspirale gesogen würde, aus der er mich gerade erst gerettet habe. Seine Argumente überzeugten mich umso mehr, als ich es satt hatte, mich alleine durchzuschlagen. Mohammed bot mir Sicherheit; ein Angebot, das ich kaum zurückweisen konnte. Natürlich gab es da einen Haken: Ich musste mit ihm schlafen. Aber das fiel mir nicht allzu schwer, schließlich war er ja ein stattlicher 30-Jähriger, dem ich außerdem von Herzen dankbar war, mich aufgenommen zu haben.

Wir wohnten in einem kleinen möblierten Zimmer im ersten Stock, unsere Vermieterin lebte im Erdgeschoss. Sie war eine bewundernswerte Dame von fünfundachtzig Jahren, die von jedermann »Tartine« genannt wurde, »Butterbrot«. Oft erledigte ich ihre Einkäufe oder half ihr im Haushalt, natürlich gratis. Im Gegenzug erzählte sie mir von ihrer Jugend um die Jahrhundertwende und brachte mich oft zum Lachen. Auch zu den anderen Mietern des Hauses unterhielten wir einen sehr herzlichen Kontakt; kein Mensch wäre auf die Idee gekommen, hinter meinem Rücken über mich herzuziehen, weil ich mit Mohammed zusammenlebte. Denn obwohl gerade der Algerienkrieg tobte, gab es in Frankreich noch keinen Rassismus gegen Araber, wie er sich heute eingebürgert hat.

Am 3. Juni 1962 bekam ich ein erstes Kind von Mohammed, Farid. Er war ein Prachtkerl, wunderschön mit seinen kohlschwarzen Augen, liebenswert und immer kerngesund – bis er mit sechs Monaten einfach im Schlaf starb!

An jenem Abend hatte Mohammed Nachtschicht, kam um sechs Uhr morgens heim und beugte sich über die Wiege. »Farid hat die Augen schon auf«, sagte er zu mir. »Ich mach ihm sein Fläschchen.« Mohammed liebte es, sich um das Kind zu kümmern. Ich merkte erst, dass etwas nicht stimmte, als ich Farids Windeln wechseln wollte.

»Mohammed, komm! Farid ist ganz steif!«, schrie ich. Er stürzte zu mir, nahm seinen Sohn auf und flüsterte entsetzt: »Er ist tot! Siehst du denn nicht, dass er tot ist?« Ich war fassungslos: »Aber was redest du denn? Wie kann ein kerngesundes Kind so plötzlich sterben?«

In aller Eile zog ich mich an und rannte los, um einen Doktor zu holen. Doch der konnte nur noch den Tod feststellen. Der Verlust meines Jungen schmerzte mich ungemein, aber ich habe nur ganz wenige Tränen über ihn vergossen – doch allein diese Tatsache war schon bemerkenswert, denn ich hatte seit ewigen Zeiten nicht mehr geweint. Während der ersten Zeit in den Konzentrationslagern hatte ich viel geheult, jedoch bald bemerkt, dass das überhaupt nichts brachte, außer vielleicht einer Ohrfeige von einem Deutschen. Seitdem schluckte ich meine Tränen herunter. Auch wenn Zender mich schlug, weinte ich zu meiner größten Befriedigung nie – was »Pa« zur Weißglut trieb.

Am 1. August 1963 brachte ich Malika zur Welt und einen Monat später teilte mir Mohammed mit, dass er mich nach Algerien schicken wolle. »Die Wärme dort tut dir sicher gut«, meinte er.

Ich stimmte sofort zu, einen Urlaub konnte ich wirklich gebrauchen! Wie sollte ich auch ahnen, dass ich für immer ins Exil gehen sollte? Heimlich plante er nämlich, mich vorzuschicken und dann möglichst bald selbst nachzukommen. Erst Jahre später gestand er mir, dass er von Anfang an geplant hatte, mit mir aus Frankreich auszuwandern – aber was er vorhatte, fand ich recht bald alleine heraus.

Mit dem zweieinhalb Monate alten Baby im Arm nahm ich den Zug nach Marseille, dann das Schiff. Ich empfand die Reise als spannendes Abenteuer, schließlich war ich noch nie aus dem östlichen Frankreich weggekommen – von der »Reise« zwischen 1943 und 1945 einmal abgesehen, und auf die hätte ich nun wirklich verzichten können! Am 27. Oktober 1963 ging ich in Philippeville (heute Skikda) von Bord, mit einem Koffer voller Kleidung als einzigem Gepäckstück.

Während der Überfahrt hatte ein Dieb meine Unachtsamkeit ausgenutzt (manchmal vergaß ich, die Kabine abzusperren) und einen Teil meiner Sachen gestohlen. Den Rest meiner Habe rissen sich die algerischen Zöllner unter den Nagel; als sie mir meinen Koffer zurückgaben, wog er verdächtig wenig, aber ich merkte gleich, dass jeder Protest sinnlos wäre und mir nur Ärger einbringen würde.

Ich betrat also mit einem praktisch leeren Koffer algerischen Boden – ein schlechter Start für die vielen Jahre, die ich dort verbringen würde. Doch meine Reise war noch längst nicht zu Ende. Von Philippeville nahm ich zunächst den Zug nach Constantine. Diese Fahrt vergesse ich nie: Die harten Holzbänke quälten meinen Rücken, wegen der enormen Hitze lief mir der Schweiß in Strömen herunter – in Nordafrika war es um fünfzehn Grad wärmer als in Marseille!

Endlich erreichte der Zug Constantine. Da es bereits dämmerte, wurde es höchste Zeit für Malika und mich, ein Dach für die Nacht aufzutreiben. Arglos fragte ich einen Französisch sprechenden Polizisten, ob er nicht eine billige Pension für uns wisse. Dieser Beamte war so freundlich, mich in ein geeignetes Hotel zu begleiten; er trug mir sogar den Koffer – leicht genug war er ja! Doch kaum hatten wir das Zimmer betreten, befahl er mir, mit ihm zu schlafen. In seinem männlichen Hochmut dachte er wahrscheinlich, ich würde ihm widerstandslos gehorchen oder vielleicht sogar freudig auf sein Angebot eingehen. Seiner Sache sicher, begann er sich auszuziehen; zuerst legte er seinen Pistolengurt ab und hängte ihn über eine Stuhllehne. Ich wartete gerade so lange, bis er seine Hose heruntergezogen hatte, dann stürzte ich zur Pistole, zog sie und richtete sie auf ihn. »Hau sofort ab oder ich schieße!«, brüllte ich ihn an. Vom Geschrei angezogen, sammelten sich Leute vor der Tür. Da merkte der Polizist, dass sein Spiel vorbei war. Er rollte genervt mit den Augen und schlüpfte hastig wieder in seine Hose. Inzwischen hatten wir so viele Zeugen, dass ich mich in Sicherheit fühlte; also gab ich ihm seine Pistole zurück. Dann verzog er sich, wobei er sogar seinen Pistolengurt im Zimmer vergaß.

Am nächsten Morgen nahm ich den Zug nach Batna, wo man mich bereits erwartete. Dort blieb ich zwei Tage bei einem Onkel Mohammeds, bis Slimane mich abholte. Slimane, ein Bruder Mohammeds, brachte mich dann ins Aurès-Gebirge, meine Endstation.

5

Gefangen im Aurès

Wir kamen erst nach Einbruch der Dunkelheit in Oued-Taga an. Da der Ort keinen Strom hatte – und bis 1993 auch keinen bekam –, konnte ich zunächst überhaupt nichts erkennen. Als Erstes holte ich mir gleich eine gewaltige Beule an der Stirn – niemand hatte es für nötig befunden, mich vor den äußerst niedrigen Türstürzen zu warnen.

Meine Schwiegerfamilie nahm mich recht höflich auf, offenkundig betrachteten sie mich als Mohammeds Frau, auch wenn wir nicht offiziell verheiratet waren. Trotz aller Freundlichkeit fühlte ich mich bei diesen unbekannten Menschen, deren Sprache ich nicht verstand, ziemlich verloren. Da der Rest der Familie bereits zu Abend gegessen hatte, stellte man mir einen Teller kalte Hirse hin. Kaum hatte ich fertig gegessen, gingen alle schlafen.

Später entdeckte ich in der Dunkelheit über meinem Bett seltsame Formen, die aussahen wie riesige Fledermäuse. Vor lauter Angst, sie könnten mir ins Gesicht fallen, schlief ich die ganze Nacht nicht. Erst in der Morgendämmerung erkannte ich meinen Irrtum; die Monster, die mich wach gehalten hatten, waren nichts anderes als an den Dachbalken aufgehängte Schafshäute, in denen die Vorräte für den Winter aufbewahrt wurden: in Stücke geschnittener Käse, getrocknetes Fleisch und Gemüse. Später würde ich diese Häute selbst bearbeiten, sie mit einer Mischung aus Grieß und Hefe geschmeidig machen und sie zu einer Art Schlauch nähen, den man an die Decke hängt, damit ihn die Mäuse nicht erreichen.

An jenem ersten Morgen in Oued-Taga trat ich vor die Schwelle des Hauses, eine Schale Kaffee in der Hand wie eine Touristin (damals glaubte ich ja, nur zu Besuch gekommen zu sein). Erst jetzt nahm ich die Umgebung richtig wahr. Was für ein Unterschied zu Frankreich! Ich hatte ein graues, dreckiges Paris verlassen, das bereits in der ersten Oktoberkälte zitterte, und fand mich inmitten einer großartigen Berglandschaft wieder, über der sich ein blauer, weiter Himmel wölbte. Warm strahlte die Sonne.

Das Haus von Mohammeds Eltern war sehr groß und stand auf der Spitze eines kleinen Hügels, ebenso wie die beiden *mechtas* (oder *gourbis*) unserer Nachbarn. Das war's – mehr Gebäude gab es in unserem Dorf nicht. Es lag auf etwa 1 800 Metern über Seehöhe, darüber thronte der Djebel Mahmel, das Dach des

Aurès, mit seinen 2300 Metern. Jetzt, Ende Oktober, war der Gipfel noch grau und matt, aber der erste Schnee des Jahres würde ihm schon bald eine weiße Mütze verpassen. Prächtige Landschaft des Aurès, gleichzeitig karg und üppig wuchernd, gleichzeitig herb und herzlich! Sie sollte meine neue Heimat werden – allerdings wusste ich noch nichts davon.

Mehrere Tage nach meiner Ankunft merkte ich, dass mein Pass aus meiner Handtasche verschwunden war. Ich konnte ihn nicht verloren haben, denn ich hatte ihn seit der Zollkontrolle nicht mehr gebraucht und später im Zug extra kontrolliert, ob ich ihn noch hatte. Also musste irgendjemand in Oued-Taga ihn mir gestohlen haben.

Als erstes fragte ich mich natürlich, wie ich ohne Papiere nach Frankreich zurückkehren sollte. Da merkte ich erst, dass ich gar keinen Rückfahrschein besaß; Mohammed hatte nur eine einfache Fahrkarte nach Algerien gekauft. In meiner Naivität hatte ich angenommen, dass meine Schwiegereltern die Rückfahrkarte besorgen würden. Erst als ich den Verlust meiner Papiere feststellte, merkte ich allmählich, dass ich hereingelegt worden war, dass mich die ganze Familie behandelte wie eine Puppe ohne eigenen Willen.

Da ich schon ahnte, dass der Dieb sich nicht melden würde, beschloss ich noch am gleichen Tag zu fliehen. Ich nutzte einen unbeobachteten Augenblick, schlüpfte davon, kam aber keine hundert Meter weit, bis mich ein Cousin Mohammeds beim Ärmel packte, mir ein paar Ohrfeigen verpasste und mir befahl, schleunigst wieder umzukehren. Jetzt gab es keinen Zweifel mehr: Ich war gefangen!

Ich kann mir gut vorstellen, dass viele Leser jetzt den Kopf schütteln und sich fragen: »Wie kann man denn so naiv sein? Selbst schuld!« Zugegeben wundere ich mich selbst, wie blauäugig ich in die Falle ging. Aber man muss auch bedenken, dass ich wegen meiner epileptischen Anfälle nicht klar denken konnte. Erst nachdem ich (Jahre später) von dieser Geißel befreit wurde, konnte ich das Ruder herumreißen und mein Leben wieder selbst in die Hand nehmen.

Doch damals, im Herbst 1963, sah meine Lage ziemlich finster aus: Ich wurde im hintersten Winkel des Aurès gefangen gehalten, einer Gegend, die im Jahr zuvor ihre Unabhängigkeit erkämpft hatte und aus der die meisten Franzosen geflohen waren.

Wie eine Idiotin war ich in die Falle getappt, jetzt war jeder Widerstand zwecklos – zumindest fürs Erste. Ich stand alleine da, die Familie war mir in jeder Hinsicht überlegen. Notgedrungen machte ich gute Miene zum bösen Spiel, akzeptierte mangels Alternative mein neues Schicksal und ganz allmählich verwandelte sich der Douar vom Exil zu meiner neuen Heimat.

Als ich vor fünfunddreißig Jahren dort ankam, standen in Oued-Taga gerade einmal drei Häuser, jeweils einige hundert Meter voneinander entfernt – und in allen wohnten Mitglieder der Amri-Sippe, insgesamt vielleicht dreißig Leute. Da es kein fließend Wasser gab, holten die Bewohner ihr Wasser aus einem Brunnen, der einen Kilometer außerhalb lag, und transportierten es mit Hilfe von Schläuchen aus Ziegenleder, die sie auf einen Esel banden. Das Brunnenwasser war sehr rein, ohne eine Spur von Kalk, weshalb man in einem Topf endlos Wasser kochen konnte, ohne dass sich ein Kalkrand absetzte.

Alle drei Häuser waren im traditionellen Stil des Aurès gebaut, halb im Boden versenkt; ihre Mauern bestanden aus nahtlos und ohne Mörtel zusammengefügten Steinen, zwischen denen in regelmäßigem Abstand querliegende Holzbalken verliefen. Das Holz verhinderte, dass die Mauer Risse bekam, wenn die Steine sich in der Hitze ausdehnten.

Zwischen Sommer und Winter, ja zwischen Tag und Nacht schwankten die Temperaturen gewaltig, was mir anfangs ziemlich zu schaffen machte. Erstaunlicherweise waren der Frühling und der Herbst wegen der großen Höhe am schwersten zu ertragen: Während des Tages versengte uns die Hitze, doch kaum verschwand die Sonne hinter den Hügeln, wurde es bitterkalt.

Drei- oder sechseckige Öffnungen in den Mauern ließen ein wenig Licht und Luft in die Häuser, das flache Dach bestand aus einer Lage Ton, die auf einer Zwischendecke aus starken Ästen aufgetragen wurde. Wenn es lange nicht regnete, bekam das Dach Sprünge und leckte beim ersten Regenguss. Sobald es also nach längerer Trockenheit zu tröpfeln anfing, musste ein Familienmitglied aufs Dach steigen und Mörtel über die gesamte Fläche auswalzen wie ein Konditor einen Kuchenteig. Auch ich habe diese Drecksarbeit, die nötig war, um unsere Häuser trokken zu halten, oft genug erledigt.

Das Innere der Berber-Häuser folgt einem einheitlichen Grundriss; alle Gebäude liegen halb in der Erde versenkt, weshalb man von draußen kommend zwei, drei Stufen zur Eingangstüre hinuntersteigt. Dahinter betritt man einen weiten Gemeinschaftsraum mit einem Boden aus gestampftem Lehm und Holzsäulen, die auf Steinsockeln ruhen und die Decke aus Palmholzbrettern stützen. In diesem Raum lebt die ganze Familie, hier isst und schläft sie. Die Innenmauern unseres Hauses bestanden aus grob gefügten Steinen, die mit einer Mischung aus Ton und sehr feinem Stroh verfugt waren.

Die Feuerstelle liegt oft links vom Eingang, manchmal auch in der Mitte des Raums und ist von Lehmbänken umgeben, auf denen Decken und Kissen liegen. In unserem Haus thronte in einer Ecke ein Webstuhl, das einzige Möbelstück, wenn man einmal von den Truhen absah, in denen die Gewänder aufbewahrt wurden, die *burnusse* der Männer und die *gandouras* der Frauen. Selbstverständlich gab es weder Tisch noch Stühle, wir aßen am Boden hokkend oder auf Decken sitzend.

Die Amris gehörten zu den Chaouis, einem Hirtenvolk, das seit ewigen Zeiten im Aurès lebt. Sie sprachen Chaouia, eine Berbersprache, die sich deutlich vom Arabischen unterscheidet, aber Ähnlichkeiten mit dem Kabylischen aufweist. Als ich in dieser engen Welt ankam, sprach nur Abdallah, der drei Jahre in Frankreich gearbeitet hatte, einige Brocken Französisch. Und da ich bereits ahnte, dass ich für lange Zeit hier bleiben würde, machte ich mich eifrig daran, Chaouia zu lernen.

Nach etwa zwei Jahren beherrschte ich die Sprache ganz anständig – aber bis dahin belustigte ich Gesprächspartner oft mit meinen Fehlern. Zum Beispiel sorgte ich jedesmal für große Heiterkeit, wenn ich auf Französisch *pois chiche* sagte, weil mir der örtliche Name der Kichererbse (*hamos*) nicht einfiel. Denn *pois chiche* klang genau wie das Chaouia-Wort für – entschuldigen Sie meinen Ausdruck – Arschloch. Unnötig zu erwähnen, dass meine Gastfamilie nie auch nur ein Wort meiner Sprache erlernte; sie konnte nicht einmal »Liliane« richtig aussprechen und taufte mich deshalb kurzerhand in »Louisa« um.

Je besser ich allmählich mit der Sprache zurechtkam, desto besser verstand ich meine neue Umgebung. In unserem Haus wohnten zwei Brüder Mohammeds, Slimane und Moktar, zwei unverheiratete Schwestern, Hamara und Yamina, und natürlich meine Schwiegereltern. Néfissa war schon dreiundsiebzig Jahre alt, aber geistig noch sehr rege; ihr unterstand der gesamte Haushalt. Und wie ihr neun Jahre älterer Mann erfreute sie sich bester Gesundheit – wahrscheinlich, weil sie ihr Leben lang die klare Luft des Aurès geatmet und sich ausschließlich von gesunden Produkten aus eigener Ernte oder Zucht ernährt hatten. Beide wussten überhaupt nicht, was das Wort »Krankheit« bedeutete.

Erst seit ich wieder nach Frankreich zurückgekehrt bin, merke ich, wie sehr mir das naturnahe Leben in Algerien gut tat. In den mehr als dreißig Jahren, die ich im Aurès verbrachte, war ich niemals ernsthaft krank, höchstens ein paarmal leicht verschnupft. Doch seit meiner Rückkehr leide ich regelmäßig an Hals- oder Bauchschmerzen.

Als ich in Oued-Taga ankam, war Fatima die einzige verheiratete Schwester Mohammeds und lebte in der Nachbarhütte, bei Neffen und Nichten der Familie (darunter auch Abdallah, mein Dolmetscher).

Da wir alle miteinander verwandt oder verschwägert waren, lief das Zusammenleben im Dorf meist sehr friedlich ab und wenn man sich einmal stritt, dann zwar lautstark, aber niemals handgreiflich. Obwohl alle von der Landwirtschaft lebten, gab es übrigens große Unterschiede im Reichtum: Mohammeds Eltern besaßen zum Beispiel große Felder und viel Vieh; wenn man alle Ziegen, Schafe und Kühe zusammenzählte, über hundert Stück! Natürlich musste man sich ständig um die Tiere kümmern und schnell lernte ich das Melken, um vor den anderen nicht dumm dazustehen. Mit den Kühen und Ziegen kam ich bald gut zurecht, doch die Schafe machten mir schwer zu schaffen. Es war eine Katastrophe: Jedesmal landete mindestens die Hälfte der Milch auf dem Boden – bis ich endlich merkte, dass ihre Zitzen anders hingen als bei den Kühen, nämlich ein bisschen schräg, so dass die Milch ein wenig zur Seite spritzte.

Da ich nichts weiter ins Dorf mitgebracht hatte als einen leeren Koffer, musste ich anfangs notgedrungen die Gandouras anziehen, die mir meine Schwägerinnen überließen. Fast vom ersten Tag kleidete ich mich also wie eine Bäuerin im Aurès und bald glich auch mein Tagesablauf dem der anderen Frauen, vom Sonnenstand und dem Wechsel der Jahreszeiten bestimmt.

Von Mai bis September standen wir um vier Uhr morgens auf, um wenigstens teilweise der gnadenlosen Hitze des Tages zu entgehen. Schnell wuschen wir uns das Gesicht – der Koran schreibt diese rituelle Reinigung vor – und machten uns an die Arbeit. Wir Frauen frühstückten zusammen, kippten im Stehen rasch einen Kaffee hinunter und kneteten dann den Teig für den Blechkuchen. Die Männer gingen währenddessen auf die Felder, wo es meistens etwas zu ernten gab: im Juni Gerste, im Juli Weizen, im September Mais.

Nach dem Frühstück holten wir Frauen Wasser und Holz. Da wir kein Gas hatten, brauchten wir auch im Hochsommer Feuerholz zum Kochen. Meistens zogen wir zu fünft oder sechst los, um im lichten Wald der Berghänge Holz zu sammeln. Wir banden es uns auf den Rücken und kehrten dann schwer keuchend ins Dorf zurück, wo wir uns aber nicht ausruhten, sondern gleich die Wohnungen fegten – übrigens mit selbst gemachten Besen aus geraden Ästen, an die man unten ein Büschel besonders harter Kräuter band.

Dick werden konnte hier niemand, erstens wegen der harten Arbeit und zweitens wegen der sehr einfachen Mahlzeiten. Zu Mittag gab es zum Beispiel Molke, Blechkuchen und Datteln. Da im Aurès keine Dattelpalmen wachsen – Palmen vertragen weder Kälte noch Schnee –, mussten wir einmal im Jahr zum Markt, wo die Männer dann unseren Überschuss an Getreide gegen Datteln, Lampenöl und alle anderen Dinge eintauschten, die es im Douar nicht gab. Jeden Herbst spielte sich das gleiche Ritual ab: Die Männer beluden einen Esel (später einen Lieferwagen), begaben sich in die dreißig Kilometer entfernte Provinzhauptstadt Batna oder an die Karawanenstraßen der Sahara und kamen mit den herrlichsten Dingen wieder zurück.

Nach dem Mittagessen hielten wir eine ausgedehnte Siesta, die manchmal bis vier Uhr dauerte. Vor allem im Sommer waren die Mittagsstunden für Mensch und Tier kaum erträglich, nicht selten kletterten die Temperaturen auf fünfzig Grad im Schatten. Kein Hauch rührte sich unter einer bleiernen Sonne, das Leben kam vollständig zum Erliegen. Wir Menschen versteckten uns in den Häusern, im Schatten der weiß glühenden Steine.

Nach der Siesta nahmen wir unsere Arbeit wieder auf. Während des Sommers mussten wir zwar das Vieh nicht versorgen – eine Gruppe Hirten führte es über die heißesten Monate auf höher gelegene Weiden in den Bergen –, aber wir fuhren die Ernte ein, pflegten den Gemüsegarten und kochten das Abendessen.

Erst viel später begann der angenehmste Teil des Tages: Abends, wenn es um zwanzig, dreißig Grad abgekühlt hatte, saßen wir Frauen gemeinsam draußen im Mondlicht, genossen die Kühle und tranken Tee mit Minze. Anfänglich verstand ich von den Gesprächen fast nichts, doch bald bekam ich mit, dass es sich ohnehin nur um harmloses, ewiggleiches Geplauder über Wetter, Ernten und Handarbeiten handelte. Die Frauen redeten nie über Politik, nicht einmal über das Leben im Ort, und jede Erwähnung von Sex war absolut tabu. Auf jeden Fall tauschten sie in meiner Gegenwart nur Banalitäten aus; vielleicht schämten sie sich ein wenig, ihre kleinen Probleme vor mir, einer Fremden, zu erörtern.

Über was haben wohl die Männer gesprochen, wenn sie unter sich waren? Ich habe es nie erfahren; ich weiß nur, dass es zwei getrennte Kreise gab, die Gruppe der jungen Männer und die der älteren. Hin und wieder schloss ich mich den jungen Burschen an, lachte mit ihnen, versuchte, sie ein wenig aufzuziehen, aber immer in aller Ehre, schließlich war ich eine verheiratete Frau. Ich wollte einfach nur eine schöne Zeit verbringen, mich ein bisschen amüsieren, lachen – und diese Gelegenheiten ergaben sich ohnehin nur selten. Aber ich muss zugeben, dass ich mich in Gesellschaft der jungen Männer deutlich besser unterhielt.

Die ganz kleinen Kinder hingen meistens an den Rockzipfeln ihrer Mütter, doch kaum waren sie drei oder vier Jahre, sausten sie zum Spielen davon. Nur wenn sie sich wehtaten, kamen sie heulend zurück, dann tröstete ich sie und reinigte ihre Wunden mit Alkohol. Hin und wieder kümmerten sich meine Schwägerinnen um ihre Neffen und Nichten – aber mir halfen sie nie! Malika war ja noch ganz klein, dennoch boten mir weder die Schwägerinnen noch meine Schwiegermutter jemals Unterstützung an. Ich musste mich also immer allein durchschlagen!

Im Gegensatz dazu zeigte meine Schwiegermutter ganz offen, wie gern sie die Kinder ihrer anderen Schwiegertochter mochte; wahrscheinlich lag es daran, dass sie reinrassige Chaouis waren, während in Malika auch französisches Blut floss.

Nur ganz selten traf sich die gesamte Familie; es gehörte sich einfach nicht, dass ein Araber mit einer anderen Frau als seiner Ehefrau sprach. Im Verlauf der Jahre reifte in mir die Überzeugung, dass die Zurückhaltung dieser Menschen nichts mit mir zu tun hatte, sondern einfach einer natürlichen Diskretion entsprang, als ob die Kultur ihnen einen Maulkorb verpasst hätte. Vielleicht sprachen die Männer freier, wenn sie unter sich waren, aber ich bezweifle es fast. Ich glaube, die Berber sind einfach ein schweigsames Volk.

Dreißig Jahre habe ich im Douar gelebt, aber ich kann mich an keine einzige Unterhaltung erinnern, an der sich die Leute mit ihren Ansichten zur Lage der Nation, den gesellschaftlichen Problemen oder den ständig steigenden Preisen beteiligt hätten. Was für ein Unterschied zu Frankreich, wo man bei den gemeinsamen Mahlzeiten im Familienkreis angeregt über alle möglichen Themen plaudert! Das beharrliche Schweigen erstaunte mich vor allem, weil damals die ersten ernsthaften politischen Erdbeben Algerien erschütterten. Nie erfuhr man irgendetwas Konkretes, nur ganz selten schnappte man Informationsfetzen auf, aus denen dann manchmal ganz abenteuerliche Gerüchte und Gräuelmärchen zusammengereimt wurden.

Ganz langsam ging der Sommer in den Herbst über, die Hitze lastete immer noch schwer auf dem Land, doch die Kürze der Tage machte sie erträglicher. Jetzt standen wir morgens ein bisschen später auf, hielten eine kürzere Siesta und verbrachten ab Oktober unsere kurzen Abende wegen der zunehmenden Kälte wieder im Haus. Schließlich kam die Zeit der Feigenernte. Wir pflückten die Feigen und legten sie dann auf einer Lage Stroh in die Sonne, wo sie schon nach zwei Tagen ganz weich wurden. Dann häuften wir jeweils acht bis zehn übereinander und legten ein Brett über die Stapel, das wir mit Steinen beschwerten. 24 Stunden später entfernten wir das Brett und legten die platten Früchte breit aus, damit sie nochmals acht bis zehn Tage in der Sonne trockneten. So konserviert, hielten sich die Früchte das ganze Jahr lang.

Zu Hause, in Lothringen, hatte Mama in der Weihnachtszeit manchmal Feigen für uns gekauft, eine herrlich exotische Nascherei, die man nur zu ganz besonderen Anlässen bekam. Diese Feigen stammten aus dem Maghreb und da sie immer platt waren, dachte ich, das sei ihre natürliche Form. Jetzt, viele Jahre später, machte es mir jeden Herbst große Freude, Feigen zu trocknen und zu plätten, bis sie so aussahen, wie ich sie seit meiner Kindheit kannte. Ich war stolz, nunmehr selbst Hüterin eines Geheimnisses zu sein, das mich seit meiner Kindheit faszinierte.

Gegen Ende des Herbstes kam die Zeit, die Felder zu bestellen. Natürlich hatten wir weder Traktor noch sonst irgendein modernes Gerät. Auf dem Markt in Batna wurden zwar aus Frankreich importierte Schubkarren angeboten, die wir uns aber nicht leisten konnten. Seit vielen Jahrhunderten, seit die Berber den Aurès besiedelten, wurde der Boden vom eisenbeschlagenen Holzpflug aufgebrochen, den zwei Maulesel zogen. Den Rest des Jahres lag das Holz des Pflugs im Wasser der *séguia*, damit die Hitze und die Trockenheit es nicht spröde machten.

Die Séguia war ein künstlich angelegter Seitenkanal des Baches, der von den Hängen des Djebel Mahmel herunterkam und einige hundert Meter unterhalb unserer Siedlung vorbeifloss. Wie bei allen Bergbächen schwankte sein Pegel in Abhängigkeit von den Niederschlägen enorm. Vor allem im April und Mai toste ein mächtiger Fluss, wenn das Schmelzwasser aus den Bergen herabkam. Dann war die Strömung so stark, dass wir das Wasser ohne die Séguia nicht hätten nutzen können. Doch da die Séguia mit deutlich geringerem Gefälle verlief, brachte sie gemächlich fließendes Wasser für die Landwirtschaft und den Haushalt heran. Unsere Wäsche wuschen wir direkt am Kanal.

Jeder Waschtag bedeutete eine echte Expedition: Wir banden uns die schmutzige Wäsche auf den Rükken, setzten die Kleinkinder, die noch nicht selbst laufen konnten, obenauf und kamen tief gebeugt an der Séguia an. Jedes Kleidungsstück wurde mit Seife abgeschrubbt, die angeblich aus Marseille stammte, in Wirklichkeit aber ein heimisches Billigprodukt war, das hauptsächlich aus Asche bestand. Dann legten wir die Wäsche auf großen, flachen Steinen aus und stampften darüber, um den Schmutz auszuspülen, der dann von der Strömung weggeschwemmt wurde.

Im Winter sanken die Temperaturen unter null Grad, zwischen Dezember und März fiel regelmäßig Schnee, manchmal in großen Mengen. Wir bewahrten sogar Schaufeln im Haus auf, um uns nach gewaltigen Schneestürmen wieder einen Weg ins Freie bahnen zu können.

Die wichtigen Arbeiten waren jetzt erledigt, die Felder ruhten sich aus. Doch natürlich gab es immer kleinere Aufgaben im Haus, vor allem Handarbeit. Wie schon erwähnt, stand im Hauptraum ein hölzerner Webstuhl, ein uraltes Stück, das von Generation zu Generation weitergereicht wurde. Um ihn aufzustellen, benötigte man drei Leute, aber bedienen konnte man ihn allein. Das ging recht einfach und sehr schnell lernte ich die nötigen Handgriffe, um den Stoff für Kleidungsstücke oder Decken zu weben. Sobald man das Grundprinzip begriffen hatte, konnte man eine unendliche Vielfalt von Mustern herstellen; es genügte, sich das gewünschte Bild im Geist vorzustellen, dann rechnete das Gehirn fast automatisch aus, wie es die Fäden zu führen hatte.

Während der Mitte des Winters blieben wir völlig von der Außenwelt abgeschnitten – und auch sonst bestand die einzige Verbindung aus einer schlechten Straße, auf der zweimal am Tag der Bus vorbeikam. Nur ganz wenige Leute stiegen im Douar zu oder aus, die wichtigen Karawanenrouten verliefen viel weiter südlich. Wenn uns beißende Kälte oder Schneemassen zwangen, im Haus zu bleiben, blickten wir durch die Öffnungen in der Wand auf den Himmel, während wir spannen – und schwiegen. Selbst wenn einmal ansatzweise ein Gespräch zusammenkam, endete es oftmals brüsk, mitten im Satz, wenn man wieder an ein Thema gerührt hatte, über das man nicht sprach. Mehr als alles andere trug diese Stille dazu bei, dass ich mir eingesperrt vorkam.

Im Winter durfte man sehr lange im Bett bleiben, denn mangels Elektrizität beleuchteten nur das Kaminfeuer oder die Petroleumlampe die Räume – und das Lampenöl rationierte meine Schwiegermutter mit großer Strenge; den Schlüssel zu den Vorräten trug sie immer bei sich. Sie verwaltete auch das Haushaltsgeld, ebenso sparsam. Alles, was man auswärts einkaufen musste, erschien ihr zu teuer, und so aßen wir oft schon vor Anbruch der Dunkelheit zu Abend, um wertvolles Öl zu sparen.

Etwa ab März begannen die Temperaturen wieder zu steigen, Regen löste den Schnee ab und die Landschaft ergrünte neu. Dicht spross frisches Gras im

April, das wir dann Ende Mai mähten, bevor die Hitze es buchstäblich zu Staub zerfallen lassen würde.

Mit dem so gewonnenen Heu fütterten wir im Winter das Vieh. Im Mai schoren wir die Schafe, wuschen die Wolle, trockneten, kämmten und färbten sie. Für diesen letzten Arbeitsschritt verwendeten wir Farbstoffe vom Markt in Batna, die wir in kochendem Wasser lösten. Bevor wir die Wolle hineinwarfen, gaben wir noch einen Löffel Schwefelsäure in die Lösung; angeblich sorgt sie dafür, dass die Farbe besser in die Wolle einzieht und sich weniger schnell herauswäscht. Nach dem Trocknen verstauten wir die Rohwolle sorgfältig bis zum Winter. Denn jetzt – Ende Mai – warteten andere, dringlichere Aufgaben, zum Beispiel das Einbringen der ersten Ernte.

Und schon kam der Juni wieder, mit seiner Abfolge von langen Tagen, die man im Gemüsegarten oder in den Feldern verbrachte. So verging mein erstes Jahr in Oued-Taga, ohne dass ich einmal zum Durchatmen gekommen wäre.

6

Ein Silberstreif am Horizont

In den ersten Jahren bürdete mir meine Schwiegermutter eine große Arbeitslast auf. Da ich mich nie beklagte, gewöhnte sie sich schnell daran, mich für Dinge einzuspannen, die meine Schwägerinnen geradeso gut erledigen konnten. Diese waren natürlich froh, mich an ihrer statt arbeiten zu sehen. Aber ich will nicht ungerecht sein: Trotz aller Schufterei war ich keineswegs eine Sklavin in fremdem Haus; meine Schwägerinnen respektierten mich als die Frau ihres Bruders, auch wenn der gerade nicht da war. Dennoch nutzten alle aus, dass ich eine Fremde war und mich wegen meiner epileptischen Anfälle nicht zur Wehr setzen konnte. Erst ab 1968, als ich endlich von meiner Epilepsie genas, behauptete ich mich besser und verschaffte mir Respekt.

Alles in allem behandelten mich die Familienmitglieder recht freundlich und nahmen auf meine Krankheit Rücksicht. Sie pflegten mich nach meinen Anfällen und ließen mich nie alleine zum Holz- oder

Wasserholen, damit mir im Falle eines Falles nichts zustieß. Trotz aller Fürsorglichkeit blieb ihnen aber der Charakter meines Leidens ein ständiges Rätsel; wahrscheinlich fürchteten sie, ich wäre vom Teufel besessen.

Was meine Religion betraf, an die verschwendeten sie keinen zweiten Gedanken; in ihren Augen war und blieb ich eine *roumia*, eine Ungläubige. Dennoch zwangen sie mich, einige der Gebräuche des Islam zu übernehmen, dies aber nicht, um mir ihren Glauben aufzuzwingen, sondern vielmehr, um mich in die Gemeinschaft zu integrieren. Und so war mir verwehrt, mich zu meinem Glauben zu bekennen, während ich die wichtigsten islamischen Gebräuche übernehmen musste. Natürlich fiel es nicht weiter schwer, auf Schweinefleisch zu verzichten – woher hätte ich es denn überhaupt nehmen sollen? –, aber die strengen Regeln des Ramadan stellten mich auf eine harte Probe. Wie jeder Moslem durfte ich während des Fastenmonats von Sonnenaufgang bis Sonnenuntergang nichts essen oder trinken. Meine Schwiegermutter drohte: »Wenn du dich nicht daran hältst, dann lass ich dich hinter ein Maultier binden und durch die Felder schleifen!« Hätte sie ihre Drohung wahr gemacht? Keine Ahnung, wahrscheinlich eher nicht. Doch wer weiß – auf jeden Fall habe ich nicht gewagt, sie herauszufordern.

Während meiner ersten Jahre in Algerien fiel der Ramadan in die Sommermonate, worunter ich sehr litt. Erstens war ich es nicht gewohnt, nachts zu essen. Und zweitens ging die schweißtreibende Arbeit in den Feldern und Gärten natürlich trotz des Fastenmonats weiter. Nur während unserer Periode durften wir Frauen das Fasten unterbrechen – diese Schuld Gott gegenüber mussten wir aber später wieder tilgen, indem wir so viele Tage über das Ende des Ramadan hinaus fasteten, wie wir vorher pausiert hatten. Da wir unsere Regel zu unterschiedlichen Zeiten bekamen, gab es während des Ramadan immer eine Frau, die gerade essen durfte – und die musste dann die ganze Arbeit erledigen, schließlich konnte sie sich stärken! Im Winter bereitete es geringere Schwierigkeiten, die Fastenregeln einzuhalten. Erstens arbeiteten wir nicht so schwer, zweitens ging die Sonne ohnehin um sechs Uhr unter, sodass wir zur gewohnten Zeit zu Abend aßen.

Nach insgesamt dreißig Jahren hatte ich mich schließlich an den Ramadan gewöhnt, der ja durchaus seine guten Seiten hat. Zum Beispiel schadete es mir gar nicht, jedes Jahr einen Monat auf das Rauchen zu verzichten. Und obwohl meine Schwiegermutter mir drohte, glaube ich nicht, dass man mich geschlagen hätte, wenn ich gewagt hätte, die Fastenregeln zu brechen. Die soziale Kontrolle im Dorf sorgte dafür, dass jeder die Vorschriften penibel einhielt; wäre irgendjemand beim heimlichen Essen erwischt worden, hätte zehn Minuten später das ganze Dorf mit dem Finger auf den Übeltäter gezeigt.

Diese Schmach wollte ich meinen Kindern ersparen, daher hielt ich mich strikt an die Regeln einer fremden Religion.

Ich sagte »meine Kinder«, weil Malika im Juli 1965 ein Schwesterchen bekam, Houria. Im Herbst zuvor war Mohammed drei Monate auf Besuch gekommen (damals war das Reisen noch so teuer, dass die Gastarbeiter oft drei Jahre lang ihren Urlaub ansparten und ihn dann in einem Stück nahmen).

Am 9. Juli 1965 brachte ich also Houria unter abenteuerlichen hygienischen Verhältnissen zur Welt, ein wunderschönes Mädchen, eine echte Prinzessin. Malika wurde bald sehr eifersüchtig auf ihre kleine Schwester, die ständig in meinen Armen lag; später stritt sie sich häufig mit ihr, obwohl ich Houria nie bevorzugte.

Auch im Frühling 1967 besuchte Mohammed uns eine Zeit lang – wieder mit Folgen: Im Januar 1968 gebar ich meinen Sohn Nordine. Allmählich bekam ich genug von den ewigen Schwangerschaften, man kann sich also gut vorstellen, dass ich Mohammeds Besuche nicht gerade herbeisehnte, zumal ich ihn ja ohnehin nicht liebte. Von vorne bis hinten musste ich ihn bedienen, von früh bis spät hieß es: »Louisa, mach dies, Louisa, mach das!«

Wenn er mich doch nur einmal in den Arm genommen und mir nette Dinge ins Ohr geflüstert hätte! Doch das blieb ein Traum, Mohammed verhielt sich genauso distanziert wie der Rest der Chaouis – und benahm sich im übrigen ebenso ungehobelt wie der durchschnittliche französische Bauer jener Zeit. Zärtlichkeit kannten die Chaouis einfach nicht. Und wenn die Frauen unter dieser Situation vielleicht litten, beschwert hat sich in meiner Gegenwart nie eine. Aber ich hielt diese Distanziertheit kaum aus. Auch wenn ich vorher kaum Zärtlichkeit erfahren hatte, sehnte ich mich dennoch ständig danach.

Im Grunde meines Herzens hegte ich eigentlich immer den Wunsch zu fliehen. Da ich noch nicht wusste, dass Mohammed vorhatte, schon bald endgültig zurückzukehren, plante ich, langsam das Vertrauen der anderen Dorfbewohner zu gewinnen, um mich dann irgendwann einmal unbemerkt davonzustehlen. Zunächst musste ich aber warten, bis meine Kinder einigermaßen selbständig waren – denn auf meine Flucht würde ich sie nicht mitnehmen können. Aber wenn Mohammed mich regelmäßig weiter schwängerte, würde ich immer ein Kleinkind am Hals haben, das mich brauchte.

Wie schon gesagt, beeinträchtigten die epileptischen Anfälle meine Denkfähigkeit, doch manchmal lüftete sich der Schleier vor meinen Augen und ich erkannte mein Dilemma klar und deutlich. Diese hellen Momente führten oft zu ganz spontanen Handlungen. Und so kam es, dass ich eines Tages schlagartig begriff, dass ich Gefahr lief, für immer in diesem Dorf gefangen zu bleiben. Hals über Kopf floh ich aus dem Haus und durch Zufall schaffte ich es auch, den Bus nach Batna zu erwischen, bevor jemand mein Verschwinden bemerkte. Dieser Fluchtversuch hätte übel ausgehen können – doch er wendete mein Leben endlich zum Guten!

Dabei stand meine Ankunft in Batna unter keinem guten Stern; da ich weder Geld noch Papiere besaß, konnte ich mich weder ernähren noch eine Unterkunft bezahlen. Und natürlich kannte ich niemanden in der Stadt, die im vergangenen Jahrhundert von den Franzosen gegründet worden war und mittlerweile über 300 000 Einwohner zählte.

Von meinem Abenteuer ganz erschöpft, wankte ich durch die Straßen, unschlüssig darüber, wie es weitergehen sollte. Und dann kam, was kommen musste: Ich erlitt einen Anfall, der mich auf offener Straße niederwarf. Zum Glück kamen mir Retter zu Hilfe und führten mich zu einer Apotheke, wo man mir Beruhigungsmittel verabreichte. Als der Apotheker hörte, dass ich Französin war, hatte er die gute Idee, mich zu den Weißen Vätern zu schicken.

Diese katholischen Missionare betreuten eine kleine Kirche zwanzig Meter von der Apotheke entfernt. Wie der Großteil seiner Gemeindemitglieder hatte der französische Pater noch am Tag der Unabhängigkeitserklärung Algeriens das Land verlassen und war nach Frankreich zurückgekehrt. Danach beauftragte der Bischof von Constantine die Weißen Väter, sich um diesen verlorenen Sprengel zu kümmern. Die Patres Paul-Marie Farne und Félix Tellechea übernahmen 1966 diese Aufgabe und wurden zehn Jahre später von Philippe Thiriez und Achille Hassler abgelöst.

Pater Félix Tellechea betreute ab 1976 eine Blindenschule in Biskra, kam aber jedes Wochenende nach Batna. Wegen seiner dunklen Hautfarbe und seines guten Arabisch hätte man ihn fast für einen Einheimischen halten können.

Sofort schloss ich Pater Farne und Pater Félix in mein Herz. Sie waren die ersten Franzosen, die ich seit fünf Jahren zu Gesicht bekam! Ich hatte meine Muttersprache schon so lange nicht mehr benutzt, dass ich völlig aus der Übung war; die richtigen Worte wollten mir nicht einfallen, auch beim Satzbau verhedderte ich mich ständig! Vom ersten Moment an bewiesen die Patres, was für gütige Menschen sie waren. Nur deshalb wagte ich überhaupt, Pater Félix um Geld für einen Arzt zu bitten. Ich wollte endlich meine Fallsucht loswerden, die mir ein normales Leben versagte.

Seit meinen fünfzehnten Lebensjahr und dem endgültigen Urteil des Arztes hatte ich gehofft, dass die Medizin einmal so weit fortschreiten würde, dass man Epilepsie heilen konnte. Das Schrecklichste waren ja nicht die Anfälle selbst, sondern die Bilder, die dann vor meinen Augen auftauchten, Szenen von Tod und Verderben im Konzentrationslager. Vor allem ein Bild verfolgte mich, die Deutschen erschießen Gefangene, die in einem Graben stehen, den sie selbst zuvor ausgehoben hatten. Vor meiner Erkrankung hatte ich meine Kindheit in den Konzentrationslagern komplett verdrängt – aber nicht vergessen. Grauenvolle Erinnerungen hatten nur tief in mir gewartet, bis ihre Zeit kam. Und dann kam sie, zusammen mit meiner ersten Periode.

Um meine Anfälle halbwegs abzumildern, musste ich etwas Kühles in der Hand halten, zum Beispiel einen Schlüssel. Das gab mir ein wenig Halt, aber die Zuckungen überwältigten mich trotzdem. Und jedesmal, wenn ich einen Anfall kommen spürte, sahen mich die Umstehenden merkwürdig an, als ob sie mich für eine Närrin oder eine Verrückte hielten – das half mir auch nicht gerade, mich zu entspannen!

Doch jetzt lächelte mir das Glück: Pater Félix überredete einen jungen französischen Arzt, Dr. Roger, mich kostenlos zu untersuchen. Sorgfältig horchte er mich im Krankenhaus ab, verschrieb mir aber keine Medikamente. Stattdessen verriet er mir das Geheimnis eines bestimmten Krauts, das mich heilen würde: weißer Beifuß. Diese Pflanze hieß auf Chaouia *izri*, auf Arabisch *chih* und war im Aurès weit verbreitet. Ich musste mich nur bücken und schon hielt ich eine kostenlose Medizin in Händen! Wenn man den Beifuß in kochendes Wasser warf, gab er einen schwärzlichen und sehr bitteren Saft ab. Dr. Roger verschrieb mir eine dreijährige Anwendung; im ersten Jahr sollte ich täglich drei Tassen dieses Gebräus trinken, im zweiten Jahr zwei und im dritten Jahr eine Tasse.

In meiner Ungeduld nahm ich anfänglich eine viel höhere Dosis, richtete damit aber überhaupt nichts aus – außer dass meine Leber verrückt spielte. Also kehrte ich zu der verschriebenen Dosis zurück und schon bald zeigte sich der Erfolg. Ich wurde ruhiger und gelassener, die Anfälle kamen immer seltener. Und tatsächlich war ich nach drei Jahren Behandlung vollständig geheilt. Seit 1970, also seit fast dreißig Jahren, habe ich keinen einzigen Anfall mehr gehabt. Lieber Dr. Roger, vielen, vielen Dank dafür, dass Sie mein Leben gerettet haben!

Nach meinem Arzttermin kehrte ich zu den Patres zurück, die zwar einwilligten, mich eine Zeitlang bei sich aufzunehmen, mir gleichzeitig aber auch zu verstehen gaben, dass sie mich nicht unbegrenzt im Pfarrhaus wohnen lassen könnten. Da ich weder Geld noch Papiere besaß, konnte ich auch nicht nach Frankreich zurückgehen – wo mich ohnehin niemand erwartete. Schließlich folgte ich dem Rat der Patres und fuhr nach einem Monat »Urlaub« wieder ins Aurès-Gebirge.

Pater Félix und Pater Farne eskortierten mich ins Dorf zurück, denn natürlich fürchtete ich mich vor dem Zorn meiner Schwiegermutter, den Vorwürfen ihrer Töchter und dem Hass ihrer Söhne. Doch niemand zürnte mir, ganz im Gegenteil schienen die meisten froh, mich wiederzusehen. Ich glaube, alle hatten sich vor dem Moment gefürchtet, da Mohammed von meiner Flucht erfahren würde. Und natürlich machte auch die Anwesenheit der zwei Patres an meiner Seite Eindruck. Denn auch wenn die Väter eine fremde Religion repräsentierten, beeindruckte ihre priesterliche Würde doch das ganze Dorf. Zum Abschluss verkündete Pater Farne vor allen Leuten, dass ich unter dem Schutz der Weißen Väter stehe, die sich regelmäßig nach meinem Wohlergehen erkundigen würden – was sie dann auch wirklich taten.

Und so veränderte sich mein Leben nach der Rückkehr entscheidend: Erstens wussten ich und alle anderen, dass jemand seine schützende Hand über mir hielt, zweitens besserte sich mein Gesundheitszustand allmählich. Noch war ich mir dessen nicht bewusst, aber ich stand an der Schwelle zu einem neuen Leben. Die Patres hatten mich aus meiner Isolation befreit, mir geholfen, meine Würde wiederzuerlangen und mir Selbstsicherheit gegeben, indem sie mir zeigten, dass sie immer für mich da sein würden.

Über die nächsten Jahre stand vor allem Pater Thiriez mir oft bei, er ermutigte mich, wenn es mir schlecht ging, und wachte über mich und meine Kinder. Da er lieber reiste als die anderen Patres, kam er öfter in der Nähe unseres Dorfs vorbei und besuchte mich regelmäßig. Jedesmal, wenn ich ihn sah, brachte er ein wenig Freude in mein raues Leben.

7

Erste Schritte in die Freiheit

Einige Wochen nach meiner Rückkehr aus Batna brachte ich Nordine zur Welt, am 14. Januar 1968. Es war eine schwere Geburt, an die ich mich auch jetzt, dreißig Jahre später, noch genauestens erinnere.

An jenem Tag fiel schon in aller Frühe ein eisiger Regen, meine Schwägerinnen beschlossen, es sei viel zu kalt, um die Nase ins Freie zu stecken, und sammelten sich um den Herd. Also befahl meine Schwiegermutter mir, das Wasser für den Tag zu holen. Und obwohl ich hochschwanger war und jeden Moment niederkommen konnte, wäre das ganze Haus in spitze Schreie ausgebrochen, wenn ich daraus das Privileg abgeleitet hätte, einige Tage im Bett zu bleiben.

Mir blieb also nichts übrig, als die Schläuche aus Ziegenleder zu nehmen, sie dem Esel auf den Rücken zu binden und mutterseelenallein loszuziehen. Nach der halben Strecke setzten die ersten Wehen ein und zwangen mich zu einer Rast. Als der stechende

Schmerz nachließ, machte ich mich wieder auf den Weg und schaffte es wirklich, bis zum Brunnen zu gelangen und die Schläuche zu füllen. Doch gerade als ich umkehren wollte, fingen die Wehen wieder an, diesmal viel stärker. Zufällig kam da ein *ziant* vorbei – so nannte man die herumziehenden Araber, die zu keinem Berberstamm gehörten –, der anbot, den Esel für mich zu führen. Da ich mir aber schon vorstellen konnte, zu welchem Getuschel es führen würde, wenn ich am Arm eines Fremden zurückkehrte, schlug ich sein Angebot lieber aus.

Schließlich trottete der Esel ganz allein nach Hause, während ich mich schrittweise weiterschleppte, wenn die Wehen einmal kurz nachließen. Mittlerweile war der eiskalte Regen in Schnee übergegangen, der mich allmählich bedeckte. Ein wahrer Kreuzweg!

Trotzdem lief ich irgendwann in den rettenden Hafen ein, halb tot vor Erschöpfung. Ich wankte ins Zimmer und bat darum, dass man mir sofort Wasser erhitzte. Ohne Erfolg: Niemand ließ sich herab, auch nur den kleinen Finger zu rühren. Anscheinend verstand niemand, dass ich drauf und dran war niederzukommen.

Da niemand mir half, setzte ich das Wasser also selbst auf. Doch es war kaum lauwarm, als eine besonders heftige Kontraktion mich ins Bett zwang. Ich kämpfte eine Viertelstunde lang, dann kam Nordine zur Welt. Draußen pfiff der Wind und trieb den

Schnee durch den Türspalt, drinnen schaffte der Herd es nicht mehr, das Zimmer zu erwärmen. Übrigens waren die Häuser im Winter oftmals eiskalt, denn es gibt keinen schlechteren Dämmstoff als Stein.

Gerade schnitt ich die Nabelschnur meines Babys durch, da trat meine Schwiegermutter heran. Sie schien erbost: »Warum hast du das Kind ganz allein zur Welt gebracht?«, fragte sie mich mit einem vorwurfsvollen Ton, der allerdings ihr schlechtes Gewissen nicht ganz verbergen konnte. Patzig antwortete ich: »Weil ihr es so wolltet!« Ich war fest entschlossen, zukünftig auf meine Rechte zu pochen. Denn für alle anderen Frauen galt, dass sie sich während der ersten vierzig Tage nach der Niederkunft ausschließlich um ihr Neugeborenes kümmern durften und von jeder Hausarbeit befreit waren. Wenn meine Schwiegermutter also befahl: »Louisa, mach dies« oder »Louisa, mach das«, dann antwortete ich ihr hin und wieder, dass ihre Töchter auch zwei Hände hätten und eine Arbeit an meiner statt erledigen könnten. Meine Revolte stieß auf erstaunlich geringen Widerstand. Merkwürdigerweise genügte es, meine Entschlossenheit zu zeigen, schon respektierten mich alle.

Von da an wagte ich immer mehr; das Wundermittel des Dr. Roger verlieh mir eine Kampfeslust, wie ich sie nie zuvor erlebt hatte. 1970 eroberte ich mir endgültig die Unabhängigkeit, indem ich in ein eigenes Zimmer zog, das vom Haupthaus getrennt lag. Dort – welch Luxus! – weißte ich die Wände mit Kalk, den ich selbst auf dem Esel hergeschafft hatte: Unweit des Dorfes lag an einer Bergflanke eine Schicht natürlichen Kalks offen. Ich löste ihn mit Hilfe einer kleinen Hacke, brachte ihn nach Hause und trug ihn mit den bloßen Händen an den Wänden auf.

»Louisa hat ein Büro eröffnet«, spotteten die Dorfbewohner, nachdem sie mein strahlend weißes Zimmer gesehen hatten – die einzigen geweißten Räume, die diese Menschen je betreten hatten, waren die Amtsstuben von Batna.

Auch nach dem Umzug lebte ich in höchst spartanischen Verhältnissen, ich besaß immer noch keinen Schrank, nur einige Truhen, in denen ich meine Wäsche verstaute. Mein Mobiliar bestand einzig aus einem »Bett«: miteinander verbundene Äste, auf die ich eine Matratze aus Stroh und Alfagras gelegt hatte, darüber einige Decken. Betttücher waren so selten, dass nur Frischvermählte sie für ihre Hochzeitsnacht bekamen.

Das Zimmer war natürlich nichts Besonderes, aber meines. Endlich konnte ich mich zurückziehen und eine herrliche Ruhe genießen, wenn es mich danach gelüstete. Mit Bedacht hatte ich dafür gesorgt, dass mein Bett zu schmal für zwei Personen war, sodass Mohammed während seines nächsten Besuchs hoffentlich im Haupthaus schlafen würde.

Zu Beginn des nächsten Jahres, 1971, kam Mohammed wieder, diesmal aber nicht auf Urlaub, sondern für immer. In seinem Gepäck führte er eine ganze Handvoll Louisdor mit, seine gesamten Ersparnisse. Mit diesem Geld plante er, einen Lastwagen zu kaufen, einen Fahrer einzustellen – er selbst besaß keinen Führerschein – und ein Transportunternehmen zu gründen. In diesen Jahren befand sich das Dorf im Aufschwung, überall wurde gebaut und dafür benötigte man Material. Holz, Sand, Zement, alles musste man mühselig heranschaffen.

Wenn Mohammed mir die Geschäftsleitung übertragen hätte, dann wäre die Firma sicher gut gelaufen, vielleicht hätten wir sogar ein wahres Transportimperium aufgezogen. Aber Mohammed besaß kein Händchen für Geschäfte und ließ sich so gründlich über den Tisch ziehen, als er seine Louisdor umwechselte, dass er sich danach nicht einmal mehr ein Dreirad leisten konnte. Innerhalb kürzester Zeit war er wieder der arme Schlucker, der er sein ganzes Leben lang gewesen war. Dennoch beschloss er, in Frankreich für den Rest seines Lebens genug geschuftet zu haben, und beschränkte seine Aktivitäten in Zukunft darauf, sein Vieh auf die Weide zu führen. Das war mir ganz recht, denn erstens hatte ich ihn dann nicht ständig am Hals und zweitens verlieh mir die Tatsache, dass ich die Hauptverdienerin der Familie war, einen völlig neuen Status.

Mit diesem neu gewonnenen Selbstbewusstsein verschaffte ich mir im Haus bald Respekt.

Zum Beispiel hatte es mich schon lange geärgert, dass meine Schwägerinnen sich immer Milch für ihren Nachwuchs abzweigten, meine Kinder aber nichts bekamen. Eines Tages platzte mir schließlich der Kragen, ich wurde so zornig, dass ich eine meiner Schwägerinnen an den Haaren packte und sie anbrüllte: »Warum darfst du deinen Kindern Milch geben und ich nicht? Sind meine Kinder keine Menschen? Sind sie etwa nichts wert?« Dann nahm ich den vollen Milchtopf und knallte ihn auf den Boden. Ich hatte die Schnauze wirklich voll! Sofort rannte meine Schwägerin los, um sich bei meiner Schwiegermutter zu beschweren, aber als die herbeieilte, ließ ich ihr überhaupt nicht die Zeit, den Mund aufzumachen: »Du bist jetzt ganz still! Reden wir hier über die Kinder deines Sohnes oder nicht? Entweder gebt ihr mir von der Milch ab oder es knallt!«

Da bekamen sie es mit der Angst zu tun und seitdem wurde die Milch gerecht zwischen allen Kindern geteilt.

Zugegeben, ich war ziemlich grob geworden, aber es ging nicht anders. In Zukunft würde niemand mehr auf mir herumtrampeln! Bis jetzt hatten mich alle ausgenutzt, mich zum Brunnen geschickt, damit ich Wasser holte, während sie daheim Milch an ihre Kinder verteilten. Ich hatte keine Ansprüche gestellt und nichts bekommen. Das würde sich ändern!

1972 beschloss ich, zukünftig mit Gas zu kochen. Ich bat Pater Farne um Hilfe, der es tatsächlich schaffte, einen einfachen Gasherd für mich aufzutreiben – kostenlos! Und so wurde ich die erste Frau im Dorf, die Gas benutzte. Natürlich zerrissen sich wieder alle den Mund: »Louisa macht jetzt künstliches Feuer!«

Dank des Herdes, der mir gestattete, eigene Mahlzeiten zuzubereiten, genoss ich jetzt völlige Unabhängigkeit. Darüber hinaus musste ich im Sommer jetzt kein Holz mehr holen, eine langwierige und anstrengende Arbeit. In der gesparten Zeit schneiderte ich Kleidung, die ich in den Dörfern der Umgebung verkaufte. Von meinem Verdienst kaufte ich mir neuen Stoff, mit dem ich mir eine komplette Garderobe im europäischen Stil nähte. Als die Patres mich zum ersten Mal in meinen neuen Kleidern sahen, sparten sie nicht mit Komplimenten. Übrigens sahen wir uns jetzt regelmäßig. Da wir kein Telefon hatten, um uns zu verabreden, vereinbarten wir bei jedem Treffen gleich den Termin des nächsten Besuchs. Wenn dieser Tag dann kam, zog ich mir einen Rock und eine Hemdbluse unter die Gandoura und flitzte in einem unbeobachteten Augenblick zur Bushaltestelle hinüber. Sobald ich im Bus saß, streifte ich die Gandoura ab, legte sie zusammen und verstaute sie in einer großen Tasche. Dann konzentrierte ich mich auf das herrliche Gefühl, mit nackten Beinen dazusitzen und frei zu sein.

Normalerweise fuhr ich noch am gleichen Abend wieder ins Dorf zurück, manchmal schlief ich aber auch im Pfarrhaus und kreuzte erst ein, zwei Tage später wieder zu Hause auf. Natürlich verschaffte mir diese wiederholte Abwesenheit einen zweifelhaften Ruf im Douar! Ich weiß ganz genau, dass man hinter meinem Rücken über meine angebliche Freizügigkeit klatschte, doch niemand wagte es, mich direkt anzugreifen – selbst Mohammed nicht, der sich selbstverständlich die meisten Sorgen um meine Keuschheit machte. Aber sich mit mir anlegen hieß, sich mit den Patres anlegen und das traute sich keiner. Manchmal holten mich die Väter sogar im Dorf ab, oft unter einem Vorwand wie: »Wir erwarten heute Abend Gäste und brauchen Louisa als Köchin.« Das funktionierte jedesmal.

Erst durch die Patres erinnerte ich mich daran, wie schön es war, Französisch zu sprechen. Und ganz allmählich fielen mir die verschiedenen Gebetstexte wieder ein. Wie in den Anfängen der Christenheit konnte ich meinen Glauben nur heimlich ausüben! Es tut mir weh, es zu sagen, aber wenn meine Kinder mich daheim beten gesehen hätten, hätten sie bei Mohammed gepetzt. Dabei schmerzte es mich schon genug, dass ich sie nicht den Katechismus lehren durfte. Gleichzeitig stand es völlig außer Diskussion, dass ich niemals zum Islam konvertieren würde – ebenso wenig wie ich die algerische Staatsbürgerschaft angenommen hätte. Ich wollte weiter Französin bleiben, an meinen Gott glauben und Röcke tragen!

Einmal monatlich ging ich mit den Patres auf die »Tour der Großherzöge«, wie ich es nannte: Jeden Monat zahlte das französische Konsulat den Französinnen, die allein in Algerien lebten, ein kleines Taschengeld und die Patres hatten die Aufgabe, dieses Geld in ihrem Sprengel zu verteilen. Regelmäßig begleitete ich die Patres auf ihrer Runde, für die sie einen ganzen Tag benötigten. Morgens stiegen wir in ihren kleinen Lieferwagen und fuhren nach Mérouana und Barika, wo uns Denise, Josette und die anderen schon erwarteten. Durch diese regelmäßigen Begegnungen lernte ich langsam alle Französinnen der Region kennen.

Eines Tages vertraute mir Josette ihre schreckliche Geschichte an: »Ich hatte eine Freundin in Barika, die mich hin und wieder besuchte. Doch ihr Mann misstraute ihr und war bald völlig überzeugt, dass sie fremdging. Rasend vor Eifersucht verfolgte er sie bis vor mein Haus, wo er ihr dann mit einem gewaltigen Messer die Kehle durchschnitt. Ich war vor Schreck wie gelähmt, doch irgendwie schaffte ich es, Alarm zu schlagen. Bald stand das halbe Dorf vor meiner Tür, dann kam die Polizei, transportierte die Tote ab und warf den Mann ins Gefängnis.

Doch ich wusste, dass er irgendwann entlassen würde, wahrscheinlich sogar recht bald. Denn Frauen zählen in Algerien nicht besonders viel, nicht einmal Mütter.«

Dieses Ereignis nahm Josette so mit, dass sie sich völlig von der Außenwelt zurückzog und mit ihrem Sohn zu Hause einsperrte. Umsonst: Ihr Sohn wurde gleich zu Beginn der Terrorwelle Anfang der neunziger Jahre ermordet.

Insgesamt trafen wir auf unserer Tour etwa zehn allein stehende Französinnen, aber ich bin fest überzeugt, dass es in Wirklichkeit viel mehr solcher Frauen in unserem Sprengel gab. Meiner Ansicht nach lebten viele von ihnen versteckt, hatten sich nie beim Konsulat gemeldet und wussten vielleicht nicht einmal von der Existenz der Weißen Väter. Selbst heute lebt noch eine erstaunliche Menge von Französinnen in Algerien, da bin ich mir ganz sicher.

Ich liebte diese »Tour der Großherzöge«, erstens weil ich auf diese Weise einen ganzen Tag mit den Patres verbringen durfte und gleichzeitig etwas vom Land sah. Und zweitens, weil mir jede dieser Fahrten zeigte, dass mein Schicksal so schrecklich nicht war. Ich will hier nicht angeben, aber so erstaunlich es auch scheinen mag, genoss ich doch weit mehr Freiheiten als die anderen Französinnen. Im Dorf hatte inzwischen jeder meine gelegentlichen Ausflüge akzeptiert, auch wenn Mohammed oft nörgelte. Und wenn ich meinen Rock anzog, meinten alle nur: »Seht nur, Louisa zeigt wieder Bein wie die Pariserinnen.«

Vermutlich beneideten mich die anderen Frauen um meine Freiheit. Und die Männer? Die nannten mich heimlich »Louisa, die Schöne des Aurès«.

8

Die Roumia mit den tausend Talenten

Seit meiner Ankunft waren mittlerweile zehn Jahre vergangen, der Douar hatte sich beachtlich entwikkelt und zählte bereits mehrere Dutzend Häuser! Leider verdrängten Beton und Wellblech Stein als Baumaterial, niemand machte sich mehr die Mühe, solide zu bauen. Auch ich trug zum Wachstum des Dorfs bei: Im Mai 1972 kam mein Sohn Youcef auf die Welt, gefolgt von meinen zwei jüngsten Töchtern, Khadidja (im Januar 1974) und Nadia (im Februar 1975). Ihre älteren Geschwister besuchten damals bereits die Koranschule, die einige hundert Meter von unserem Haus entfernt lag. Mohammed wünschte sich für seine Kinder nur eines: dass sie zu guten Moslems erzogen würden. Ansonsten war ihm die Bildung seiner Kinder egal. Vor allem, was die Mädchen anbetraf, folgte er der Tradition und hielt jede Ausbildung für unnötig. Schulpflicht gab es ohnehin keine und die meisten der ins Dorf abkommandierten Lehrer waren selbst nicht sonderlich gebildet. Trotzdem bestand ich darauf, dass alle meine Kinder zumindest die Grundlagen des Lesens, Schreibens und Rechnens erlernten.

Die Grundschule lag in der Gemeinde Baïou, ganz in der Nähe. Doch die weiterführende Schule befand sich in Bouhmar, acht Kilometer entfernt. Das stellte für meine Töchter ein Problem dar, da sie nach Abschluss der Grundschule allmählich in die Pubertät kamen und eigentlich nicht mehr unbegleitet herumreisen durften. Für Youcef wäre die Fahrt nach Bouhmar kein Problem gewesen, wir schenkten ihm sogar ein Fahrrad, um die Ausgaben für den Bus zu sparen, aber er schwänzte meistens den Unterricht und schaffte seinen Mittelschulabschluss nie.

Während meine Kinder in der Schule waren (oder auch nicht), ging ich meinen eigenen kleinen Geschäften nach. Seit einiger Zeit schon schneiderte ich nicht nur für andere Frauen, sondern arbeitete auch als Krankenpflegerin. Und das kam so: Während eines Gesprächs mit den Patres hatte ich mich an meine Jahre im Waisenhaus erinnert, in denen ich eine Krankenschwester auf Schritt und Tritt begleitet hatte. Zwar gab es in Bouhmar, also ganz in der Nähe, eine Krankenstation, aber dort arbeiteten nur männliche Pfleger, weshalb die Männer im Dorf sich weigerten, ihre Frauen dort hinzuschicken. Die Männer konnten schlicht nicht hinnehmen, dass ein Pfleger den nackten Hintern ihrer Frauen sah, wenn er ihnen

Spritzen verabreichte. Also mussten die Frauen notgedrungen bis nach Batna fahren, wenn sie eine Spritze benötigten. Aus Mangel an Zeit und Geld verzichteten viele Frauen daher ganz auf die Behandlung. Da kam mir die Idee, dass ich ihnen die Spritzen setzen könnte. Als ich den Patres von meinem Plan erzählte, organisierten sie mit Hilfe eines Arztes im Krankenhaus ein Spritzenset. Zuerst probierte ich an mir selbst, ob ich wirklich in der Lage war, eine Spritze zu setzen, danach machte ich im Dorf Reklame.

Anfänglich nahm ich nur einen Dinar pro Injektion, doch als ich sah, dass ich auf eine echte Marktlücke gestoßen war und die Frauen auf mich zählten, erhöhte ich meine Preise rasant: Nach einem Jahr verlangte ich bereits zwei Dinar, im nächsten Jahr sogar fünf – zusätzlich zu den Kosten der Anfahrt, die ich je nach Entfernung mit bis zu zehn Dinar berechnete. Bald spritzte ich nicht nur in den Hintern, sondern auch intravenös. Dazu nahm ich einfach den Gummi einer Unterhose, band damit den Arm ab und stach zu.

Und dann sprang ich noch oft genug als Hebamme ein.

Ich ging immer zu Fuß auf meine Runde und musste oft schon um sechs Uhr morgens aufbrechen, um alle kleinen Weiler abklappern zu können, in denen man mich brauchte. Abends kam ich dann völlig erledigt und mit platt gelaufenen Füßen zu Hause an. Natürlich nörgelte Mohammed, beschwerte sich aber nicht ernsthaft: Schließlich wußte er genau, dass ich deutlich mehr Geld nach Hause brachte als er. Und außerdem war ich es schon längst gewohnt, meinen eigenen Willen durchzusetzen.

Mit dem gesparten Geld kaufte ich neues Geschirr, Kleidung für die Kinder und Stoff, aus dem ich mir neue Röcke schneiderte. Und mir kamen schon wieder neue Geschäftsideen. Es war eigentlich ganz einfach, sich etwas Neues auszudenken, denn sonst zeigte im Ort niemand die geringste Initiative.

1974 zählte das Dorf bereits dreißig Häuser; wenn man die Douars der unmittelbaren Umgebung mitrechnete, lebten bereits mehrere hundert Leute am Ort. Höchste Zeit, einen Laden zu eröffnen! Ich plante, den einfachen Hausfrauen des Aurès alle Güter des täglichen Bedarfs anzubieten. Um die Grundausstattung des Geschäfts zu bezahlen, plünderte ich den Sparstrumpf, in dem ich die Einnahmen aus meiner Arbeit als Krankenschwester verwahrte. Insgesamt besaß ich 160 Dinar, davon konnte man eine stattliche Ziege kaufen. Also bat ich eines schönen Morgens Mohammed, eine Ziege für mich zu besorgen (er kannte sich mit Tieren besser aus als ich). Dieses Tier umsorgte und fütterte ich zwei Monate lang, bis es so fett und stattlich war, dass ich es zum doppelten Preis verkaufen konnte. Es ging mir wie König Midas, alles, was ich anfasste, wurde zu Gold – nur dass meine Geschichte gut endete.

Mit diesen 320 Dinar besorgte ich in Batna Seife, Waschpulver und Öl und eine Woche später feierte ich die triumphale Eröffnung meines »Ladens«. In Wirklichkeit belegte der Laden gerade einmal eine bescheidene Ecke im Hauptraum unseres Hauses, aber wir hatten unser Geschäft sogar ganz offiziell im Handelsregister eintragen lassen –, allerdings unter Mohammeds Namen, da ich als Ausländerin keine Firma gründen durfte. Und ich wollte jeden Ärger mit den Gemeinde- und Finanzbehörden vermeiden.

Der Laden schlug sofort voll ein, die Gewinne erlaubten mir, mein Angebot allmählich auf Kaffee und Konserven aller Art auszudehnen. Und weil mein Laden nicht aussah wie ein echtes Geschäft, hatten die einfachen Hausfrauen auch keine Schwellenangst. Sie kamen zur Tür herein, stiegen die drei Stufen herab und fingen an zu plaudern: »Oh, Louisa, mir ist die Seife ausgegangen!« oder »Du, Louisa, ich hab kein Olivenöl mehr!« Ich gab ihnen, was sie brauchten, und wenn sie kein Geld hatten, tauschte ich die Ware gegen Eier, die ich wiederum mit Gewinn an diejenigen verkaufte, die keine Hühner hielten.

Schon nach zwei Jahren hatte mir das Geschäft so viel Geld eingebracht, dass wir uns ein neues Haus bauen konnten. Es hatte zwei Zimmer und ein Wellblechdach; im ersten Zimmer waren Mohammed und der Herd untergebracht, im zweiten wohnten die Kinder und ich. Im gleichen Jahr, 1976, ging Pater

Farne nach Algier (wo er 1984 starb) und Pater Félix nach Biskra, sodass das Pfarrhaus in Batna einige Wochen leer stand. Dann berief Monsignore Scotto, der Bischof von Constantine, die Patres Achille und Philippe zu ihrer Nachfolge.

Im nächsten Sommer brachte ich unser Dorf schon wieder in Aufruhr, diesmal, indem ich den ersten Fernseher einführte. Ich hatte das Fernsehen im Pfarrhaus entdeckt; Pater Achille besaß einen Apparat, ein Geschenk seiner Angehörigen. Und als Pater Achille im Juli 1977 für drei Monate auf Heimaturlaub ging, bat ich ihn, mir den Fernsehapparat zu leihen, was er auch bereitwillig tat.

Mit dem Empfang hatte ich im Douar keine Schwierigkeiten, wohl aber mit der Elektrizität: Da es noch keine Stromversorgung im Ort gab, brauchte ich einen Generator. Doch woher sollte ich die nötigen 3 500 Dinar nehmen? Wieder kamen mir die Väter zu Hilfe und liehen mir die Summe, die ich langsam abstotterte, indem ich von allen Leuten, die fernsehen wollten, Eintritt verlangte.

Der Erfolg dieses Unternehmens übertraf alle Erwartungen – und das, obwohl es damals nur einen einzigen Kanal in Algerien gab, auf dem hauptsächlich französische Filme gezeigt wurden, von denen im Dorf niemand ein Wort verstand.

Mit der Zeit lernte ich, wie man den Generator betrieb und wartete, jeden Abend öffnete ich vor

Beginn der »Vorstellung« die Deckelhaube, inspizierte den Motor und füllte Öl und Benzin nach. Der Eintrittspreis betrug einen Dinar, aber ich nahm auch Bezahlung in Naturalien an, die ich dann im Laden weiterverkaufte. Und wer statt auf dem Boden lieber auf einem der zehn Stühle saß, konnte das gerne tun – wenn er einen weiteren Dinar hinlegte. In den ersten Monaten, als der Reiz des Neuen noch anhielt, verzeichnete ich jeden Abend annähernd hundert Zuschauer! Und so hatte ich im Herbst, als Pater Achille zurückkehrte und seinen Fernseher wiederbekam, bereits genug Geld für ein nagelneues Gerät gespart. Wie gewohnt nörgelte Mohammed auch über mein »Heimkino«, vor allem störten ihn die ständigen Besucher in unserem Haus. Bis mir eines Tages der Kragen platzte und ich ihm antwortete: »Such dir Arbeit, bring Geld nach Hause und ich schaffe den Fernseher ab!«

Danach hörte ich keine Klagen mehr. Das Geschäft mit dem Fernseher lief ungefähr ein Jahr lang bestens, dann kauften sich auch andere Ortsbewohner ein Gerät und verdarben die Preise. Also suchte ich mir neue Verdienstquellen, denn jeder Dinar bedeutete Unabhängigkeit für mich.

Und so stürzte ich mich in ein weiteres Abenteuer: Ich wurde Tierärztin.

Alles begann mit einem banalen Vorfall. Eines Tages entdeckte Mohammed in seiner Herde ein gebärendes Schaf, das schreckliche Schmerzen litt und wohl verenden würde. Da fragte ich Mohammed: »Wenn ich es rette, schenkst du es mir dann?« »Meinetwegen«, antwortete er.

Ich kannte mich zwar mit Tieren überhaupt nicht aus, aber ich wollte alles versuchen. Das war immer noch besser, als die Hände in den Schoß zu legen und dem Schaf beim Krepieren zuzusehen, wie Mohammed es machte. Mit Feuereifer bereitete ich eine Notoperation vor, schor den Bauch des Muttertiers, desinfizierte die Haut mit Alkohol, schnitt ihm den Bauch auf, holte das Lamm heraus und nähte die Öffnung wieder zu. Leider war das Lamm zu diesem Zeitpunkt schon gestorben, doch die Mutter überlebte. Ich legte ihr einen schönen Verband an und pflockte sie fest, damit sie sich nicht bewegte. Fünfzehn Tage lang pflegte und nährte ich das Tier, bis es vollständig wiederhergestellt war.

Leider hielt sich Mohammed nicht an sein Versprechen; anstatt das Schaf mir zu überlassen, verkaufte er es am Markt. Doch die Nachricht von meiner geglückten Kaiserschnittoperation verbreitete sich in Windeseile in der ganzen Region und erreichte schließlich die Ohren des Tierarztes von Batna, Monsieur Viwaski.

Viwaski, ein überaus freundlicher Pole, lud mich daraufhin in seine Praxis ein. Dieser Einladung kam ich gerne nach, wir plauderten und er schenkte mir

Faden und spezielle Nadeln für die Tiermedizin. Dabei versicherte er mir, dass er mich nicht als unliebsame Konkurrenz betrachte, sondern vielmehr froh sei, dass sich auch in den entlegeneren Teilen des Aurès jemand um die Tiere kümmere. Denn schon jetzt war Monsieur Viwaski völlig überlastet und schlief oft nur zwei, drei Stunden am Tag, da er ja nicht nur die Tiere verarzten, sondern oft auch eine sehr lange und anstrengende Anreise auf sich nehmen musste.

Und so wurde ich schon bald mit Anfragen bestürmt; jedesmal, wenn eine Tiergeburt kompliziert verlief, rief man mich und empfing mich wie eine Königin. Anfangs machten die Bauern zwar recht überraschte Gesichter, wenn sie eine Frau als Tierärztin kommen sahen, aber mein exzellenter Ruf eilte mir bald voraus. Ich operierte Schafe, Ziegen und Kühe, legte einen Ernährungsplan für die Tiere fest und fütterte sie die ersten drei, vier Tage selbst. Ich erledigte die jährlich notwendigen Impfungen, pflegte verschiedene kleinere Gebrechen, verabreichte Spritzen – und bekam für alles Geld. Es lief prima.

Meistens war bei Steißgeburten ohnehin kein Kaiserschnitt nötig, stattdessen ölte ich mir Hand und Arm ein und wendete das Junge noch im Mutterleib. Natürlich machte ich das nicht umsonst, sondern verlangte zwischen fünfzig und hundert Dinar, je nach Reichtum der Auftraggeber.

Man rief mich auch, damit ich Wunden versorgte,

wenn zum Beispiel ein Schaf von einem Felsen gestürzt war. So lernte ich Schienen zu basteln und sie mit Stoffstreifen zu fixieren, die ich vorher in Eiweiß und Mehl eingelegt hatte.

Einmal verschaffte mir die Dummheit meiner eigenen Kinder Arbeit: Sie hatten unseren Truthähnen die Köpfe und Federn mit grellen Farben angemalt, um die im Dorf frei herumlaufenden Tiere als unsere zu kennzeichnen. Leider hatten sie dafür giftige Farbe verwendet, so dass die Truthähne einer nach dem anderen zusammenbrachen. Als ich das sah, wusch ich die Tiere gründlich, gab ihnen Milch zu trinken und schaffte es, vier von zehn Tieren zu retten.

Das Geld, das ich mit meinen Geschäften verdiente, gab mir immer mehr Selbstvertrauen, was wiederum zu neuen Einnahmen führte. Zum Beispiel so: Bei Beschneidungen richteten die Eltern traditionell ein großes Fest aus und bekamen dafür von den Gästen kleine Spenden. Doch als ich 1971 Nordine im Alter von drei Jahren beschneiden ließ, verriet mir niemand von dem Brauch, ein Gastgeschenk mitzubringen, so dass ich zwar ein großes Fest ausrichtete, aber dafür nicht belohnt wurde. Doch als 1977 die Zeit von Youcefs Beschneidung kam, war ich nicht mehr so naiv. Diesmal ließ ich mir das Geld nicht stehlen, das mir zustand!

Ein umherziehender Spezialist beschnitt Youcef die Vorhaut, dann kleideten wir meinen fünfjährigen

Sohn in eine Gandoura, damit nichts an der Wunde rieb. Jetzt konnte das Fest beginnen! Sieben Tage lang richteten wir jeden Abend ein großes Mahl aus, zu dem Verwandte und Nachbarn herbeiströmten. Wir scheuten keine Kosten, servierten sogar frisch geschlachtetes Fleisch – ein ganz seltener Luxus – und legten große Ehre ein. Gleichzeitig wachte ich aber wie ein Adler, dass jeder Gast auch ein kleines Geschenk mitbrachte.

Nicht, dass ich das Geld ernsthaft gebraucht hätte; mittlerweile war ich längst zur reichsten Frau des Dorfs geworden. Im Jahr 1980 ergänzte ich mein Haus um einen weiteren Raum, in dem ich meinen Laden unterbrachte. Zwar gab es kein Schaufenster, aber immerhin ein größeres Fenster, durch das man ins Innere blicken konnte. Dieses Fenster nutzte ich hauptsächlich im Winter, wenn wegen der Kälte die Eingangstüre geschlossen blieb. Nach dem Umbau sah mein Laden wie ein echtes Geschäft aus, an den Wänden zogen sich eiserne Regale entlang, auf denen sich die Ware stapelte: Coca-Cola, Limonade, Unterhosen, BHs und sogar Kinderkleidung.

Mit der Hälfte des Umsatzes erneuerte ich meine Vorräte, die andere Hälfte war Gewinn. Den sparte ich teilweise für die Kinder, behielt aber auch einen Teil für mich zurück, falls ich einmal krank werden sollte. Denn natürlich hatte ich keine Sozialversicherung.

Mein neues Leben verschaffte mir große Befriedigung; in den siebziger Jahren ging ich so vielen Beschäftigungen nach, dass ich mich nie langweilte. Aber Anfang des Jahres 1980 sehnte ich mich allmählich wieder nach dem Stadtleben. Eine Freundin, Paulette, arbeitete in Batna als Sekretärin und als sie in Rente ging und nach Frankreich zurückkehrte, bewarb ich mich um ihren Posten. Da der Firmenchef von den Patres einiges über mich erfahren hatte, stellte er mich gerne ein, überzeugt, dass ich über Geschäftssinn verfügte.

Als ich Mohammed von meinem neuen Posten erzählte, fragte er nervös: »Und was wird aus dem Laden?« »Ganz einfach«, meinte ich. »Wenn eine Kundin kommt, gibst du ihr, was sie will, kassierst das Geld und schreibst in ein Notizbuch, was du verkauft hast.« Doch leider stellte sich Mohammed selbst für eine so einfache Aufgabe zu dumm an. Ständig gab er Kredit, so dass ich jeden Freitag meinem Geld nachlaufen musste. Am Freitag, dem heiligen Tag des Islam, hatte ich frei und traf auch meine Schuldner sicher zu Hause an.

Während der ersten zwei Monate lief in der Arbeit alles bestens. Jeden Tag pendelte ich mit dem Mann einer Cousine Mohammeds nach Batna und zurück. Doch bald zerriss sich die Familie das Maul über die angeblichen Schandtaten, die ich in Batna beging; vor allem behauptete man, ich liefe in der Stadt auf offener Straße den Männern hinterher.

In seiner Ehre bedroht, machte mir Mohammed ungewöhnlich heftige Szenen und drohte sogar, das Haus in die Luft zu sprengen. Er brüllte: »Am liebsten würde ich dich umbringen, aber wegen einer Französin geh ich doch nicht in den Knast!« Da beschloss ich, endgültig aus dem Dorf zu fliehen. In aller Heimlichkeit begann ich die Vorbereitungen, jeden Tag nahm ich auf meinem Weg zur Arbeit ein Kleidungsstück mit und legte es in einen Koffer, den ich in einem Büroschrank versteckt hatte. Erst als der Koffer zum Platzen voll war, überraschte ich die Patres mit einem Besuch.

Als ich auch am dritten Tag nicht aus der Arbeit nach Hause gekommen war, roch Mohammed den Braten, schnappte sich die Kinder und fuhr nach Batna. Die Patres waren ohnehin nicht begeistert gewesen, als ich unangemeldet aufkreuzte, aber weinende Kinder vor ihrer Tür, das ging zu weit. Und so warnte Pater Achille Mohammed zwar eindringlich davor, mich zu bedrohen oder gar zu schlagen, doch gleichzeitig überzeugte mich Pater Philippe, dass mein Platz fürs Erste immer noch im Dorf sei.

Schließlich fuhren wir alle gemeinsam nach Oued-Taga zurück. Um Mohammed zu beruhigen, musste ich meinen Posten in Batna aufgeben – meine Unabhängigkeit hatte also durchaus ihre Grenzen. Die Bergbauern des Aurès sind sicher ein ganz besonderer Schlag, dennoch haben wohl viele Französinnen in ganz Algerien ähnliche Szenen erlebt.

Warum habe ich überhaupt so viele verschiedene Tätigkeiten ausgeübt? Erstens wollte ich mich beschäftigen, mich von einem langweiligen, ewig gleichen Leben ablenken und zweitens liebte ich es, Geschäfte zu machen. Alles, was mir Geld einbrachte, bereitete mir Vergnügen.

Am liebsten wäre ich aber Krankenschwester geworden. Es lag mir einfach, Menschen zu pflegen. Außerdem machte es mir überhaupt nichts aus, eine Leiche anzufassen – dafür hatte ich zu viele Tode mit angesehen. Und angesichts des Leides anderer Menschen blieb ich distanziert, selbst bei meinen eigenen Kindern. Eines Tages bekam Khadidja einen hässlichen Abszess an der Fußsohle. Ich untersuchte die Stelle und sah, dass der Abszess reif war. Deshalb wies ich Mohammed an: »Halt mal das Kind!« Doch kleinlaut sagte er: »Ich kann nicht.« Ist das nicht unglaublich? So ein brutaler Kerl und kann kein Blut sehen!

Kurz entschlossen klemmte ich also meine Tochter zwischen die Beine, schnitt den Furunkel auf, reinigte die Wunde von Blut und Eiter, desinfizierte sie mit Alkohol und verband sie. Acht Tage später war sie zugeheilt. Wegen so einer Lappalie regt man sich doch nicht groß auf!

Die meisten Mütter schaffen es ja nicht, ihren Kindern eine Spritze zu geben, aber mich juckte das gar nicht. Ich verpasste meinen Kindern Impfungen auf die gleiche, wohl etwas derbe Weise wie allen anderen: Ich klemmte sie zwischen meinen Beinen ein, damit sie still hielten, und setzte dann die Injektion. Wenn es nötig war, gab ich sogar mir selbst Spritzen.

In all meinen Tätigkeiten kam mir niemals eine Verwandte zu Hilfe, vielleicht weil ich eine Roumia war, vielleicht aber auch, weil ich sehr schön war. Ganz im Gegensatz zu den Frauen mochten mich die Männer sehr gern und versuchten, mich zu unterstützen – trotz des Widerstands ihrer eifersüchtigen Partnerinnen.

Wenn zwei meiner Schwägerinnen miteinander plauderten und ich dazukam, schwiegen sie plötzlich. Damit zog ich sie gerne auf und sagte zum Beispiel: »Redet nur weiter, die Wände haben keine Ohren!«

Natürlich half das überhaupt nichts, aber es machte mir Spaß, meine Schwägerinnen aufzuziehen. So behauptete ich mich gegen ihre Verschwörung. Die Frauen des Dorfes haben mich nie akzeptiert, zwischen ihnen und mir blieb immer ein Abgrund, selbst nach zweiunddreißig Jahren noch.

9

Die Rezepte einer guten Hausfrau

Noch heute bewahre ich in einer Schublade einige Säckchen mit einem grünen Pulver auf, das ich selbst gemahlen habe: Henna. Dieser Farbstoff ist eines der wenigen Souvenirs, die ich aus Algerien mitgebracht habe. Ich kaufte das Henna in ganzen Blättern, um sicherzugehen, dass es frei von chemischen Zusätzen war, mahlte es in einem kleinen Mörser und gab ein, zwei Tropfen Öl hinzu, damit es sich länger hielt. Mit diesem Pulver färbte ich dann meine Haare wie jede andere Algerierin auch.

Nach Frankreich habe ich es mitgenommen, weil es meinen braunen Haaren nicht nur einen schönen Mahagoniton verleiht, sondern weil es mein Haar seidiger und glänzender macht. Auf Henna würde ich nur sehr ungern verzichten!

Natürlich hatte ich es mir nicht ausgesucht, in Algerien zu leben, dennoch achtete ich darauf, nicht alle Bräuche meiner neuen Heimat prinzipiell zu missachten. Eine solche Haltung hätte nur mein Gefühl von Einsamkeit verstärkt.

Wenn sich je ein Tourist in unseren Douar verirrt hätte, wäre er vermutlich niemals darauf gekommen, dass ich Französin sein könnte. Und doch nutzte ich meine relative Freiheit, um mir eine Sonderstellung zu erwerben, in der ich Tradition und Moderne miteinander verband. Sehr deutlich zeigte sich das an meiner Kleidung: Je nach Laune oder Wetterlage trug ich mal einen Rock, mal eine Gandoura – und das in einer Region, wo die Tradition jedes einzelne Kleidungsstück genau vorschrieb.

So trugen alle Männer in Mohammeds Alter stets das gleiche Gewand, einen von den Frauen gesponnenen Burnus. Dieser weite Umhang lag auf den Schultern und verdeckte die europäische Kleidung, die man darunter trug: weite Hosen und ein Baumwollhemd. Im Winter ersetzte man den Burnus manchmal durch eine *kachabia* aus Wolle, eine Art dickerem Burnus mit Kapuze und Öffnungen für die Ärmel. Früher war der *chèche* aus Baumwolle oder Leinen, den man sich wie einen Turban um den Kopf wickelte, die gängigste Kopfbedeckung, doch während der neunziger Jahre wurde er von Käppchen verdrängt, wie sie die Islamiten tragen.

Die jüngere Generation jedoch verschmähte die traditionelle Kleidung; wie all ihre Altersgenossen schwörten auch meine Söhne auf Jeans, T-Shirts und Basketballschuhe.

Im Aurès mussten die Frauen ihr Gesicht nicht verschleiern; die Tradition sah lediglich vor, dass sie vor fremden Männern ihre Haare bedeckten, zum Beispiel mit einem Schal. Viele ältere Frauen trugen gleichzeitig einen schwarzen Chèche und eine Vielzahl von bunten Tüchern, die sie um Stirn und Kinn banden.

Damals trugen alle jungen Mädchen die Gandoura, ein großes sackförmiges Gewand, das bis zu den Knöcheln hinunterreicht. Es besteht aus einem einfarbigen Stoff, dessen einzige Verzierungen Stickereien an Kragen und Ärmeln sind. Darunter zogen die Frauen einen *seroual* an, den sie oft mit einem Wollgürtel umgaben. Wenn einem im Winter der kalte Wind durch Mark und Bein ging, hielt die Gandoura die Kälte ganz gut ab, vor allem, wenn man ein paar übereinander anzog. Aber in der Sommerhitze erstickte man fast unter ihrem dicken Stoff.

Schon sehr bald lernte ich, meine eigenen Gandouras zu schneidern. Anfänglich musste ich zwar ein bisschen herumprobieren – in Frankreich hatte ich nie Nähen gelernt –, doch dann hatte ich den Bogen schnell heraus. Später kaufte ich die erste Nähmaschine des Orts – natürlich mit dem Geld, das mir meine Geschäfte eingebracht hatten. Und die machte das Nähen zum Kinderspiel! Bald brachten mir Nachbarinnen Stoff vorbei, aus dem ich ihnen etwas schneidern sollte.

Bei all meinen Ideen, wie man den Alltag einfacher gestalten konnten, schätzte ich doch den einfachen

Lebensstil der Berber sehr. Im Aurès ernährten sich die Menschen von den Früchten ihrer Erde, hielten kaum Kontakt zur Außenwelt, verdienten kaum Geld und gaben auch entsprechend wenig aus. Was wir aßen, hatten wir bis auf wenige Ausnahmen auch selbst produziert.

Feigen habe ich ja schon erwähnt; daneben ernteten wir Äpfel, Birnen und Aprikosen. Doch die größte Sorgfalt der Frauen galt den Gemüsegärten. Dort pflanzten wir alle möglichen Arten von Gemüse, Gurken, Bohnen, Tomaten, Salat, Kartoffeln, Artischocken und vieles mehr. Natürlich wuchsen diese Pflanzen hauptsächlich im Sommer, doch sie mussten uns das ganze Jahr über ernähren. Da wir keinen Strom und daher auch keine Kühlmöglichkeit hatten, blieb uns nur übrig, allen Überschuss zu trocknen, wie die Dorfbewohner es seit Hunderten von Jahren machten. Den Paprika zum Beispiel reihten wir an einem langen Faden auf wie Perlen auf der Schnur. Diese Kette hängten wir dann an die Decke, wo die Schoten allmählich trockneten. Und wenn wir eine brauchten, schnitten wir sie von der Schnur, wuschen mit etwas Wasser den Staub ab und warfen sie in den Topf.

Für Tomaten benötigte man eine effektivere Methode der Trocknung, weil sie viel mehr Flüssigkeit enthielten und schneller verdarben: Man teilte sie in Hälften und bedeckte die Schnittflächen dick mit Salz, um den Tomaten Wasser zu entziehen. Schon nach zwei Tagen waren sie ganz verschrumpelt. Dann mussten wir sie nur noch in Ledersäcke füllen, die man dann an die Decke hängte – jene »Fledermäuse«, die mich die erste Nacht im Ort wach gehalten hatten. Bevor wir die getrockneten Tomaten wieder verwendeten, warfen wir sie in heißes Wasser, um das Salz zu lösen. Danach waren sie genauso rot und köstlich, als ob wir sie gerade erst gepflückt hätten.

Natürlich gab es nirgends ein Kochbuch; die Frauen gaben die Rezepte, die sie in ihrer Kindheit gelernt hatten, mündlich weiter. Erstaunlicherweise probierte nie jemand etwas Neues – außer mir natürlich. Ich experimentierte ständig herum, um Wege zu finden, wie man Arbeit spart. So erfand ich zum Beispiel eine neue Methode zur Konservierung der Paprikaschoten, die ohne die langwierige Trocknung funktionierte: Ich warf sie einfach in ein Einmachglas voll Wasser, Essig und Salz. Als die anderen dann feststellten, dass meine Methode funktionierte, taten sie es mir nach.

Daneben verkochte ich auch als erste im Ort grüne Tomaten, Feigen und Kürbisse zu Marmelade, die ich dann im Geschäft verkaufte. Sehr beliebt waren übrigens auch die bunten Bonbons, die ich selbst herstellte (nach einem Rezept, das mir eine Französin in Mérouanna verraten hatte).

Sommers wie winters gab es alternativ zwei Gerichte: *chorba* und *couscous*. Chorba, von manchen auch *marga* genannt, ist eine Art Suppe; man füllt einen großen Topf mit Wasser und wirft dann Paprika, Knoblauch, Tomaten, Kartoffeln und geschroteten Weizen hinein. Dabei muss der Weizen noch grün geerntet, dann geröstet, in der Sonne getrocknet und schließlich zwischen zwei großen Steinen zerkleinert werden.

Das Couscous im Aurès, auch *barboucha* genannt, ist gröber als das arabische Couscous, weil wir es aus Hartweizen zubereiten. Fleisch gibt es dazu, wie schon erwähnt, nur zu ganz besonderen Gelegenheiten: Hochzeiten, Beschneidungsfesten und hohen muslimischen Feiertagen wie *Aïd el-Kébir.*

Den Rest des Jahres begnügten wir uns mit Milch-Couscous, das ebenfalls köstlich schmeckt. Zubereitet wird Couscous »in zwei Etagen«: Unten im Topf köchelt die Sauce aus Wasser, Knoblauch, Schafsfett, Kartoffeln, Paprika und Tomaten, darüber hängt der Couscoussier, eine Art Sieb, in dem der Hartweizengrieß gedünstet wird. Gegen Ende der Garzeit gibt man dann Milch (Kuh-, Schaf- oder Ziegenmilch, je nachdem, welches Vieh man besitzt) und *klila* in die Sauce. Klila ist ein getrockneter und bei den Chaouis sehr beliebter Käse, dessen Rezept ich an dieser Stelle unbedingt verraten muss.

Um ihn herzustellen, braucht man einen Schlauch aus gegerbtem, weichem Ziegenleder. Diesen füllt man mit Ziegenmilch, gibt für die Gerinnung ein wenig Dickmilch hinzu und bewegt den Schlauch regelmäßig. Dann entfernt man die Molke, trocknet die Käsemasse in der Sonne und schneidet sie in kleine Würfel. Das Ergebnis sieht letztlich aus wie ein grober Parmesan und hat einen starken Eigengeschmack.

Wie viele der Küchenutensilien machte ich auch meinen »Käseschlauch« selbst – wie übrigens alle anderen Hausfrauen des Douar. Warum sollte man auch teures Küchengerät einkaufen, wenn man es billig selbst herstellen konnte?

Sogar das Geschirr töpferten wir selbst! Wir holten aus den Bergen Tonerde, trockneten und zermahlten sie unter einem großen Stein. Dann passierten wir den Staub durch ein Sieb, gaben Wasser hinzu und ließen diese Masse zehn Tage ruhen. Natürlich besaßen wir keine Töpferscheibe, also walkten wir den Ton ganz kunstvoll mit den Händen auf dem Deckel einer Öltonne aus. Sobald wir ihn in die gewünschte Form gebracht hatten, überzogen wir ihn mit einer Schicht aus eingefärbtem Kiefernharz. Dann mussten wir unser zukünftiges Geschirr nur noch brennen. Dazu errichteten wir im Freien ein offenes Feuer aus Stroh und getrocknetem Kuhdung um unsere Artefakte herum. Nach drei, vier Stunden konnte man das Geschirr einfach aus der heißen Asche holen – fertig! Da unsere Produkte leider recht spröde waren, gingen oft Teller zu Bruch und wir mussten regelmäßig neue töpfern. Aber an diese Arbeit erinnere ich mich recht gerne; es machte mir Spaß, den weichen Ton zu formen, bis er die Form eines Couscous- oder *tajine*-Tellers annahm.

Da wir bereits beim Thema Hausarbeit sind, möchte ich an dieser Stelle auch über Hausmittel schreiben. Diese spielten im Douar natürlich eine große Rolle, denn die nächste Apotheke lag weit entfernt, außerdem konnten die meisten sich ohnehin keine Arzneien leisten. Traditionell verwalteten die alten Frauen das Wissen um Heilkräuter und gaben es von Generation zu Generation weiter. Durch sie lernte ich, wie man *opsissa* zubereitet. Opsissa hilft gegen Husten und Magenverstimmungen und besteht aus Hartweizen, den man säubert, in der Sonne trocknet und in einem Tontopf über dem Feuer bräunt. Dann gibt man getrocknete und klein geschnittene Datteln hinzu, lässt das Ganze noch ein wenig auf der Flamme, holt es aus dem Topf und breitet es über flachen Steinen zum Trocknen aus. Dann mahlt man die getrocknete Masse zu einem Pulver, das man bei Bedarf in Wasser kocht und mit Butter isst – wobei ich dieses Gericht am liebsten mit meiner berühmten ranzigen Butter mochte.

Leider schmeckten die meisten Heilmittel ganz im Gegensatz zu Opsissa scheußlich; aber was blieb uns schon anderes übrig?

Für ein Medikament gab es allerdings keinen Ersatz: die Pille. Sobald sie in Batna auf den Markt kam (natürlich viel später als in Frankreich), kaufte ich sie.

Da den anderen Frauen des Dorfes diese Möglichkeit der Empfängnisverhütung verwehrt war, blieb ihnen trotz des offiziellen Verbots oft nur die Abtreibung.

Im Douar waren Abtreibungen gang und gäbe. Um der Wahrheit die Ehre zu geben, muss ich gestehen, vielen Frauen dabei geholfen zu haben. Dafür benutzten wir *henroht*, ein hochstieliges Kraut, das in den Bergen überall wächst. Wenn man dieses Kraut schnitt, floss eine Menge milchähnlichen Sekrets heraus, das die Eigenschaft hatte, Blut anzuziehen. Bis zum vierten Schwangerschaftsmonat konnte man mit diesem Kraut verlässlich abtreiben, indem man zuerst einige Tropfen Olivenöl in die Scheide einrieb und danach einige frisch geschnittene Halme dieses Krautes einführte.

Diese Methode funktionierte zuverlässig; weniger sicher klappte dagegen so manche Hexerei, die streng nach den Vorgaben der alten Frauen ablaufen musste. Wollte eine Frau zum Beispiel, dass ihr Mann sie öfter alleine auf die Straße gehen ließ, musste sie einen Katzenschädel unter dem Ehebett vergraben. Im Dorf waren Katzen eine wahre Pest, sie vermehrten sich rasend schnell und stahlen Vorräte, sodass wir immer wieder losziehen und einen Teil der Katzen töten mussten. Trennte man jetzt den Kopf einer toten Katze vom Rumpf, zog das Fell ab, trocknete den Schädel in der Sonne, trug ihn zu einem Heiligengrab mit mystischen Zeichen und vergrub ihn dann unter dem Ehebett, konnte man vielleicht schon bald frei auf die Straße gehen. Leider ist der Zauber heute nicht mehr anwendbar, weil der Boden der Häuser nicht mehr aus gestampfter Erde, sondern aus Beton besteht und nicht mehr aufgegraben werden kann.

Ein anderer, komplizierterer Zauber sollte dafür sorgen, dass der Ehemann sanft wie ein Lamm wird. Dafür musste man zuerst ein Chamäleon fangen – was weiter keine Schwierigkeit darstellte, davon gab es bei uns eine ganze Menge –, ausnehmen und in der Sonne trocknen. Dann mahlte man es zu einem Pulver, gab ein Haar aus der linken Augenbraue hinzu, ebenso ein Stück Nagel des linken Zeigefingers und des entsprechenden Zehens am linken Fuß und zermahlte die Mischung zu einem ganz feinen Pulver, das man dem Ehemann in den Kaffee mischte. Und schon nach drei Tagen dieser »Behandlung« konnte man ihn – angeblich – um den kleinen Finger wickeln.

Angesichts solcher Versprechungen darf es niemanden verwundern, dass Frauen unablässig über Hexerei sprachen; jede prahlte mit ihren unfehlbaren Rezepten. Und so mancher Zauber hat wohl tatsächlich funktioniert. Zum Beispiel wurde eine Cousine meines Mannes am Tag ihrer Hochzeit von Halluzinationen erfasst und wäre beinahe aus einem Fenster im vierten Stock gesprungen. Und wenige Minuten später sah auch ihr Mann plötzlich Trugbilder. Anscheinend waren sie verhext worden, irgendjemand hatte ihnen wohl etwas ins Essen gemischt. Aber wer? Und warum? Über solche Rätsel spekulierten die Frauen oft monatelang.

Mit Hilfe eines äußerst ekelhaften Zaubers konnte man übrigens Leute in den Wahnsinn treiben; allerdings glaube ich nicht, dass er oft angewendet wurde: Man musste dafür die linke Hand eines kürzlich gestorbenen Kindes abtrennen, sie einpökeln, um ihr die Feuchtigkeit zu entziehen, und sie dann zur Konservierung in Henna legen. Wenn man mit dieser Hand dann Couscous ausrollte, wurde die Person, die es aß, verrückt.

Ganz allgemein schwelgte das Dorf im Aberglauben, jede Lebensäußerung wurde von ihm beeinflusst. Vor allem meine Schwiegermutter war ganz besessen vom Glauben an übernatürliche Kräfte, ständig lief sie zum *marabut*, um Beistand zu erflehen. Oder wenn irgendjemand über ein Neugeborenes sagte: »Mein Gott, ist das schön!«, rannte sie in die Küche, nahm eine Hand voll Salz, warf es in eine Pfanne, briet es und wendete es sieben Mal. Angeblich bannte sie damit böse Geister. Ebenso schüttete sie vor jeder Fahrt einen Eimer Wasser hinter das Auto, denn Wasser brachte Glück. Selbst Überschwemmungen im

Haus oder in den Feldern galten ihr als gute Vorzeichen.

Vor allem wurde auch aller möglicher Zauber veranstaltet, um den richtigen Mann zu finden; manche jungen Frauen gaben dafür ein wahres Vermögen aus. Zum Beispiel begleitete ich einmal eine ganze Familie in das Schwarzenviertel von Batna, um dort eine Hellseherin zu befragen. Eigentlich suchte ja eine der Töchter einen geeigneten Ehemann, aber wenn ich schon einmal da war, wollte auch ich mein Schicksal erfahren. Also knüpfte ich wie angewiesen einen Franc in ein Taschentuch. Die Hellseherin ging von einem Familienmitglied zum nächsten, sagte jedem seine Zukunft voraus und nahm die Francs. Als ich drankam, sagte sie nur: »Bei dir wird alles gut. Ich habe dir nichts zu sagen.« Dann gab sie mir meinen Franc zurück.

Anscheinend steckte hinter dem ganzen Gerede um Zauberei das Prinzip, den Frauen wenigstens die Illusion zu vermitteln, sie könnten ihr Schicksal selbst in die Hand nehmen – auch wenn sie tatsächlich der Allmacht ihrer Väter oder Männer hilflos ausgeliefert waren. Und oft genug half der Zauber ja auch ...

10

Ein Topf ranziger Butter

1981 starb ganz plötzlich Ahmed, mein Schwiegervater. Zwar waren wir uns nie nahe gestanden, hatten aber doch eine gewisse Beziehung aufgebaut – schließlich hatten wir ja auch zwanzig Jahre unter einem Dach gewohnt! Er war für mich wie ein liebes Möbelstück geworden und schien so unverrückbar wie die Mauern selbst. Und dann wurde der 95-jährige Mann innerhalb von drei Tagen von einer Grippe dahingerafft – er, der in seinem ganzen Leben nie krank gewesen war und nicht einmal Aspirin gekannt hatte.

Der Friedhof lag auf einem großen Feld unterhalb des Dorfes, von diesem lediglich durch eine Reihe von Steinchen getrennt. Es gab weder Begrenzungsmauern noch ein Eingangstor. Wie der Islam es vorschreibt, beerdigten wir Großvater ohne Umschweife. Wenn der Tod am Morgen eintritt, muss die Beerdigung noch am gleichen Tag stattfinden, verstirbt ein Mensch am Abend, begräbt man ihn am nächsten

Morgen. Im Islam symbolisiert die Farbe Weiß die Trauer; deshalb wickelt man den gewaschenen Leichnam in ein weißes Leichentuch (Moslems verwenden keine Särge). Dann heben die Männer ein Grab aus und fertigen einen Grabstein. Auch an der Beerdigungszeremonie selbst nehmen nur die Männer teil, Gebete rezitierend legen sie den Leichnam ins Grab, bedecken ihn mit einigen größeren Steinen und schaufeln schließlich das Loch zu.

Erst nach der Beerdigung findet dann die Totenwache statt: Die nächsten sieben Abende besuchen Freunde und Verwandte das Haus des Verstorbenen. Während der Totenwache werden abwechselnd Koransuren rezitiert und Erinnerungen an den Toten ausgetauscht. Wie beim christlichen Leichenschmaus schwankt auch hier die Stimmung zwischen Trauer und Heiterkeit, man erzählt sich Anekdoten aus dem Leben des Verstorbenen, man lacht, man weint. So geht das die ganze Nacht und es scheint, als gehöre dieses Ritual dazu, um sich von den Toten zu lösen.

Am erstaunlichsten fand ich, dass die Frauen in scheinbar ausgeglichener Stimmung im Haus des Toten ankamen, aber zu jammern, klagen, heulen anfingen, sobald sie die Schwelle überschritten. Später hörten sie urplötzlich wieder mit ihren Klagen auf, tranken ein Tässchen Kaffee, als ob nichts geschehen wäre, und ließen sich die Todesstunde in aller Genauigkeit schildern. Selbst wenn der Tod unter schrecklichen Umständen eingetreten war, durch Unfall oder Selbstmord, kannten die Frauen keine Zurückhaltung und fragten begierig noch nach den schlimmsten Details. Und kaum zwei Minuten später tratschten sie wieder über ihre alltäglichen Sorgen, als ob sie den Toten vergessen hätten.

Mich als Französin irritierte das theatralische Geschrei und Geheule der Frauen, für mich drückt sich Trauer durch Schweigen aus. Doch für die Berberfrauen gehört lautes Klagen zur Inszenierung, zu einer angemessenen Würdigung des Toten.

Traditionell bringen die Besucher zur Totenwache ein kleines Geschenk mit, Gebäck, Öl, Grieß, Zucker, Fleisch oder sonstige Zutaten für ein Mahl. Die Gäste kommen, essen und verabschieden sich wieder, am nächsten Morgen treffen die nächsten ein, lassen sich nieder, essen und gehen wieder. So entsteht ein ständiger Strom von Menschen, der die Hauptbetroffenen vom Grübeln abhält. Dieses Kommen und Gehen hilft anscheinend, den Verlust zu verarbeiten und den Schmerz zu lindern. Doch nach sieben Tagen endet dieses Ritual und die Angehörigen bleiben allein in ihrem Schmerz zurück.

Am vierzigsten Tag endet die offizielle Trauerfrist. Zu diesem Anlass richten die Hinterbliebenen ein Festmahl aus. Geladen werden alle Freunde und Verwandten, die an der Totenwache teilgenommen haben. Traditionell gibt es zu dieser Gelegenheit Couscous und wieder bringen alle Gäste Lebensmittel mit. Mit diesem Festmahl erweist man dem Toten die letzte Ehre und jeder, der ihm nahe stand, betrachtet es als heilige Pflicht, daran teilzunehmen. Wer ohne guten Grund fernbleibt, beleidigt die Familie des Toten und sein Angedenken.

Ganz allgemein gab es in unserem Dorf eine strikt bindende soziale Verpflichtung, an den Großereignissen im Leben anderer – Geburt, Heirat, Tod – teilzunehmen. Wer sich zu drücken versuchte, setzte sich den Repressalien der betroffenen Familie aus und riskierte, bei der nächsten Hochzeit, Geburt etc. im eigenen Haus von ihr boykottiert zu werden. Da niemand diese Schande riskieren wollte, fand sich zu jeder Zeremonie das gesamte Dorf ein.

Nach dem Tod eines Ehepartners darf der Überlebende wieder heiraten, muss dabei aber strenge Regeln einhalten. Verliert ein Mann seine Frau, darf er sich am siebten Trauertag wieder vermählen – oder er muss mindestens noch einmal vierzig Tage warten. Frauen hingegen ist es erst nach vier Monaten und zehn Tagen gestattet, wieder zu heiraten. Diese vom Koran vorgegebene Frist hat ihren Sinn: Nach 130 Tagen weiß man sicher, ob die Frau von ihrem verstorbenen Mann schwanger ist. Erst dann dürfen die Verehrer der Witwe bei ihrer Schwiegerfamilie um ihre Hand anhalten. Oft genug heiratet ein Schwager die Witwe, damit die Kinder des Verstorbenen im Clan verbleiben.

Der Islam erlaubt Polygynie, ein Mann darf bis zu

vier Frauen haben. In diesem Fall leben aber nicht alle unter einem Dach, jede Ehefrau führt ihren eigenen Haushalt. Der Ehemann muss sich nur entscheiden, bei welcher Frau er die Nacht verbringt.

Meine Schwiegermutter Néfissa hat sich übrigens bis heute nicht wieder vermählt. Warum sollte sie auch, schließlich ist sie materiell bestens versorgt.

1983 geschah ein scheinbar nebensächliches Ereignis, dessen Nachwirkungen aber für mich sehr bald höchste Bedeutung erlangten und schließlich in meine Rückkehr nach Frankreich mündeten.

Ein gewisser Monsieur Cœurdacier kümmerte sich als Angestellter des französischen Konsulats in Algier um die Betreuung ehemaliger französischer Soldaten in Rente. Hin und wieder machte er sich auf, um seine Schützlinge im Landesinneren persönlich zu besuchen. Eines Tages hatte sein Auto in Batna eine Panne und während es repariert wurde, logierte er bei den Patres. Zufällig war ich am gleichen Tag in die Stadt gekommen und erfuhr durch Pater Achille von dem Besuch. Da fragte ich die beiden, ob ich nicht am Abend für sie kochen sollte. Pater Achille stimmte zu und bot an, mich danach nach Oued-Taga zu begleiten. Doch ich wäre lieber in Batna geblieben. Also sagte ich: »Wenn mich niemand nach Hause fährt, übernachte ich hier.«

Und so blieb und kochte ich. Während des Essens fragte dann Monsieur Cœurdacier: »Und, Achille, was fängst du denn mit dem ganzen Geld an?« Erstaunt erkundigte ich mich, von welchem Geld er da rede, worauf Achille mir erklärte: »Ich war im Zweiten Weltkrieg Soldat und beziehe jetzt eine kleine Rente vom französischen Staat.« Da erinnerte ich mich an meine Papiere, die mich als Opfer des Naziregimes auswiesen, und fragte mich, warum nicht auch ich Anrecht auf eine Rente haben sollte. Also nahm ich meinen Mut zusammen und sagte: »Lieber Pater, ich habe auch Anrecht auf eine Rente.«

»So, so. Ohne Witz?«, spöttelte er.

»Aber sicher doch!«, beharrte ich und erzählte von den Konzentrationslagern. Die beiden waren völlig überrascht, ein ganz neues Kapitel meiner Vergangenheit kennen zu lernen.

Am nächsten Morgen bemerkte Monsieur Cœurdacier während des Frühstücks: »Wissen Sie, heutzutage behaupten alle möglichen Leute, in Konzentrationslager verschleppt worden zu sein, alle sind sie nur auf Geld aus.« Doch da kam Achille mir zu Hilfe: »Ich weiß, dass Liliane nie lügt. Sie können ihr jedes Wort glauben!« »In diesem Fall hat sie den Gegenwert einer Villa an der Côte d'Azur verschenkt!«, rief Cœurdacier verblüfft aus. Anscheinend waren alle Deportierten in einem Brief auf ihre Ansprüche hingewiesen worden – doch dieser Brief hat mich niemals erreicht!

Schließlich wurde es deutlich schwieriger als erwartet, auch an das Geld heranzukommen, das mir zustand. Cœurdacier dämpfte meinen Optimismus sofort: »Nach dem Krieg bekamen die Deportierten fürstliche Renten. Ich kann mir nicht vorstellen, dass ein einziger auf dieses Geld verzichtet haben soll.« Dennoch erklärte er sich bereit, sich in Paris beim Ministerium für Kriegsveteranen nach meinem Fall zu erkundigen. Leider fand dort niemand die geringste Spur von einer Liliane Albertini – was Cœurdacier in seinem Anfangsverdacht bestätigte. »Eure Geschichtenerzählerin«, erklärte er den Patres, »wurde nie deportiert und hat keinerlei Ansprüche.«

Das nahmen meine Beschützer aber so nicht hin. Zuerst wandten sie sich an die Verwaltung meiner Heimatprovinz, doch auch dort beschied man abschlägig. Auf seinem nächsten Urlaub in Frankreich nützte Pater Philippe die Gelegenheit, um im Telefonbuch alle Albertinis in Metz nachzuschlagen. Zwei seiner drei Briefe wurden beantwortet und so konnte ich den Kontakt zu einer meiner Nichten und zu Huguette wieder herstellen, meiner älteren Schwester.

Unser erstes Telefonat fand im Beisein der Patres statt und berührte mich zutiefst. Natürlich bestätigte Huguette meine Darstellung der Deportation und berichtete, seit dem Tod unserer Mutter selbst eine kleine Pension zu beziehen. Und eine solche Pension stand mir ebenso zu!

An diesem Tag begann der Kampf um meine Pension. Huguette besorgte eine Kopie meines ursprünglichen Deportiertenausweises und eine Kopie von Vaters Sterbeurkunde, in der explizit stand »gestorben für das Vaterland«.

Mit diesen wertvollen Dokumenten bewaffnet und von den Patres wundervoll unterstützt, stellte ich einen offiziellen Antrag auf eine Kriegsopferrente. Und obwohl niemand die Rechtmäßigkeit meines Anspruchs bezweifelte, zog sich die Angelegenheit doch schier endlos hin. 1984 stellte Pater Philippe auch Antrag auf Familienzusammenführung, doch wurde bald klar, dass mich keiner meiner Verwandten aufnehmen wollte, außer meiner blinden Schwester Huguette. Doch den Kontakt zu ihr konnte ich nur unter äußersten Mühen aufrechterhalten, weil jeder Brief zwangsläufig durch die Hände ihres Mannes ging, der mich verabscheute. Und so brach der Kontakt 1993 völlig ab.

1986 teilte man mir endlich mit, ich solle mich in Frankreich einigen Untersuchungen stellen, um den Grad meiner Behinderung ermitteln zu lassen, von dem wiederum die Höhe meiner Rente abhing. Als ich Mohammed um Erlaubnis fragte, sagte er knapp: »Ich hab das Geld für das Flugticket nicht.«

Kein Wunder – damals kostete ein Hin- und Rückflug nach Paris über 2000 Dinar und trotz der Gewinne meines Ladens verfügte ich nicht über eine solche Summe. Aber ich hatte ja noch einen Schatz, den ich zu Geld machen konnte: meinen Topf ranziger Butter.

Im Aurès nimmt man seit ewigen Zeiten ranzige Butter mit Salz als Wundermittel gegen Husten, je einen Löffel vor jeder Mahlzeit. Und je ranziger die Butter, desto schneller verläuft offenbar die Heilung. Da ich den Wert dieser Medizin kannte, bewahrte ich immer einen zusätzlichen Vorrat Butter auf, um ihn im Notfall zu versilbern. Am Ende hatte ich einen ganzen Topf voll drei Jahre alter Butter – wenn die mal nicht ranzig war! In kürzester Zeit hatte ich sie verkauft, zu einem so traumhaften Preis, dass ich noch nicht einmal am Grund des Topfes angekommen war, als ich die 2 000 Dinar für den Flug schon beisammen hatte. Jetzt konnte Mohammed mir keinen Stein mehr in den Weg legen!

Am Abflugtag holte Pater Philippe mich ab und brachte mich zum Flughafen von Constantine. Obwohl der April gerade erst begonnen hatte, strahlte schon eine frühlingshafte Sonne am Himmel über dem Aurès. Zu meinem Abschied versammelte sich das ganze Dorf um unser Haus und entlang der Straße. Heute, da das Land von einem Bruderkrieg zerrissen wird, scheint eine solche Gemeinsamkeit unmöglich – vor allem, wenn es um eine Roumia geht. Alle weinten, überzeugt, mich zum letzten Mal zu sehen.

»Nach all dem, was man ihr in der Vergangenheit angetan hat, kommt Louisa sicher nicht wieder!«, meinte sogar eine Cousine Mohammeds, an Pater Philippe gewandt. Denn jedermann wusste, dass ich gegen meinen Willen hier festgehalten und jahrelang nach Strich und Faden ausgenutzt worden war, bevor ich mein Schicksal selbst in die Hand genommen hatte.

Beinahe hätte ich Metz nicht wiedererkannt, so sehr unterschied es sich von der Stadt meiner Jugend. Dafür verstand ich mich mit Huguette auf Anhieb hervorragend, trotz der ewig langen Trennung. Sie hatte sich in den Siebzigern von ihrem ersten Mann getrennt und lebte jetzt mit ihrem zweiten Mann, Edouard, der mir anfänglich recht freundlich begegnete.

Der Aufenthalt in Frankreich, an den Stätten meiner Jugend, verzauberte mich. Wie herrlich, die Kathedrale wiederzusehen, durch die vertrauten Straßen zu spazieren und all die schönen Schaufenster anzusehen! Lange streifte ich durch die riesigen Einkaufszentren, die ich zum ersten Mal sah. Obwohl ich waschechte Französin war, hatte ich mein ganzes Leben noch keinen Supermarkt betreten! Dagegen fiel mein kleiner Laden gewaltig ab!

Und trotzdem kehrte ich nach zwei Monaten, als alle Untersuchungen abgeschlossen und alle Behördengänge erledigt waren, ohne Bedauern nach Algerien zurück. Zwar hatte ich mich immer geweigert, mich einbürgern zu lassen, dennoch war der Douar zu meiner neuen Heimat geworden. Dort lebten meine Kinder, die ich mit meinen Einkünften kleidete und nährte und die ich nie hätte zurücklassen können.

Ich gab in Batna rechtzeitig über mein Rückflugdatum Bescheid und zu meiner Freude holten mich nicht nur die Patres Philippe und Achille am Flughafen ab, sondern auch Mohammed. Doch als ich aus dem Flugzeug stieg, erkannten sie mich alle nicht. Kein Wunder: Meine Haare fielen offen herunter, ich trug eine Sonnenbrille, einen knallroten Rock und eine weiße Bluse.

Im Dorf waren alle ganz verdutzt über meine Rückkehr und empfingen mich so herzlich, dass Pater Philippe mir ganz erstaunt zuflüsterte: »Liliane, der Douar hofiert Sie ja wie eine Königin!« In gewisser Weise war ich, die Roumia, die Heldin dieses winzigen Dorfs am Fuß des Djebel Mahmel geworden. Was für eine herrliche Ironie des Schicksals!

Im nächsten Jahr beorderte man mich noch einmal nach Metz, für eine zweite Reihe von Untersuchungen, und erst 1988 beschied man mir, zu 75 Prozent kriegsbeschädigt zu sein. Dies verschaffte mir Anspruch auf eine Rente, doch ich musste noch einmal zwei Jahre warten, bis sie endlich ausbezahlt wurde. Zu meiner großen Überraschung stellte ich dann aber fest, dass die Rente rückwirkend ab Frühling 1986 anerkannt worden war, dem Zeitpunkt meiner ersten medizinischen Untersuchung. Gleich zu Beginn bekam ich also vier Jahre Pension auf einen Schlag, ungefähr 500 000 Dinar – ein kleines Vermögen in Algerien und vor allem im Aurès.

Sobald ich davon erfuhr, gab ich meinen Dienst als Krankenschwester auf, denn für meine anstrengende Rundtour durch die Dörfer war ich eigentlich schon längst zu alt. Und jetzt konnte ich auf die paar Dinar leicht verzichten. In Zukunft würde ich mein Geld für mich arbeiten lassen. Zuerst ließ ich mir ein neues Haus bauen, eine wahrhaftige Villa mit Mauern aus Beton und einer großen Veranda mit herrlichem Blick auf die Berge.

Ich ließ dieses Haus in zwei identische Wohnungen teilen, jede mit Küche, Bad, Salon und drei Schlafzimmern. Was für ein Luxus! In der einen Wohnung lebten Mohammed, unsere unverheirateten Töchter und ich, in der anderen unsere Jungs.

Doch der Gipfel des Komforts war der Wassertank neben dem Haus: Er war aus Beton und konnte bis zu 3 000 Liter Regenwasser aufnehmen. So stand ich wieder einmal an der Spitze des Dorfes, wie bei der Einführung des Fernsehens und des Telefons: Als Einzige verfügte ich über fließend Wasser. Nun gut, es war nicht direkt fließend Wasser, aber immerhin lag das Reservoir direkt am Haus, ein gewaltiger Fortschritt. Nach siebenundzwanzig Jahren befreite mich der Wassertank endlich davon, meine Wäsche am Kanal erledigen zu müssen. An dem Tag, an dem wir ihn in Betrieb nahmen, war ich so glücklich und stolz wie nur selten in meinem Leben!

11

Eine Hochzeit bei den Chaouis

Heute sind meine vier Töchter alle verheiratet – und gut verheiratet! Das erfüllt mich mit Stolz. Als Fremde war ich im Aurès angekommen, ohne einen Sou, mit einem leeren Koffer als einzigem Gepäckstück, und dennoch habe ich für meine zwei Söhne ein schönes Haus gebaut und meine Töchter gut verheiratet.

Bei den Chaouis hat die Hochzeit einer Tochter herausragende Bedeutung und wird oft Jahre im Voraus vorbereitet. Traditionell verlässt eine Tochter nach der Heirat ihr Elternhaus und lebt zukünftig im Clan des Ehemanns. Das bedeutet, dass im Elternhaus ein Mund weniger ernährt werden muss, vor allem aber zwei Hände bei der Erledigung zahlreicher Arbeiten fehlen. Und da in der Berbergesellschaft der Mann zwar die Macht hat, die Frau aber den Großteil der Arbeit erledigt, erleidet die Familie der Braut einen materiellen Verlust, während die Familie des Bräutigams profitiert. Von daher kann man gut verstehen, dass die Brautmutter sich fürstlich entschädigen lässt; die Morgengabe beträgt manchmal 5 000 oder sogar 10 000 Dinar. Dazu kommen oft noch Sachgeschenke: Datteln, Vieh, Grieß – und Schmuck für die Braut.

Berberfrauen hegen eine große Leidenschaft für Schmuck. Moderne Ketten und Ringe aus Gold kaufte man in Batna, aber in den Orten der Umgegend gab es zahlreiche Handwerker, die eine uralte Tradition pflegten und aus Silber, Korallen, Bernstein oder Halbedelsteinen herrliche Geschmeide fertigten: Fibeln (große Brustspangen), *khal-khal* (Arm- oder Fußreife), Ketten und Ohrringe. Manche Ohrringe wogen so viel, dass man sie gar nicht mehr an die Ohrläppchen hängte, sondern an einen Draht, der gut versteckt über den Kopf lief.

Bevor sich Anfang der neunziger Jahre der Terrorismus in Algerien ausbreitete, ließ jedermann im Douar seine Eingangstür unverschlossen, Diebe gab es keine. Und sie hätten auch nicht viel Wertvolles gefunden, denn jede Frau trägt ihren ganzen Reichtum in Form von Schmuck am Körper.

Die Hochzeit ist die einzige Gelegenheit im Leben einer Frau, bei der sie sich Schmuck schenken lassen kann – aber diese Gelegenheit nutzt sie weidlich aus. Zusammen mit ihrer Mutter stellt sie eine Liste von Gaben zusammen, die sie von ihrem Verehrer erwartet. Da wird nichts vergessen, weder Kettchen, Medaillons, Ringe, Ketten, Ohrringe, Armreife noch Haarspangen – in null Komma nichts verwandeln sich die Ersparnisse des Verlobten in Gold, Silber und Edelsteine.

Traditionell hält ein Verehrer im Winter um die Hand seiner Geliebten an, sodass den zwei Familien genügend Zeit bleibt, den Brautpreis auszuhandeln und die Aussteuer vorzubereiten. Wenn man sich über diese Fragen einig wird, findet die Hochzeit dann im Spätsommer oder im Herbst statt, wenn die letzte Ernte des Jahres eingefahren ist. Früher arrangierten die Mütter alle Hochzeiten, manchmal mit Hilfe einer Heiratsstifterin. Oft genug gaben allein praktische Überlegungen den Ausschlag, sodass sich Braut und Bräutigam an ihrem Hochzeitstag zum ersten Mal sahen. Und wenn der Partner dann hässlich oder unerträglich war, hatte man eben Pech gehabt.

Normalerweise beginnen die Feierlichkeiten an einem Donnerstag, dem islamischen Gegenstück zu unserem Samstag. Sieben Tage vor diesem Termin findet die Henna-Zeremonie statt, bei der Vertreter des Bräutigams der Verlobten Geschenke bringen, darunter auch Henna. Mit diesem Henna färben sie die Finger der Braut, bevor sie ihr den Verlobungsring überreichen. Dann umwickelt man die Finger der Braut mit Taschentüchern, damit das Henna nicht abgeht.

Die Tradition schreibt übrigens vor, dass sich die zukünftigen Eheleute an den Tagen vor der Vermählung nicht sehen, während um sie herum alle mit der Vorbereitung der Feier beschäftigt sind.

Wenn der Tag X endlich gekommen ist, fährt ein Korso von vielleicht zwanzig blumengeschmückten Autos vor dem Haus der Braut vor. In den Autos sitzt die Verwandtschaft des Bräutigams, die gekommen ist, um die Braut in ihr neues Heim zu überführen. Dies ist einer der bewegendsten Augenblicke der Zeremonie, denn er symbolisiert den Abschied der Braut von ihrem Elternhaus.

Um aber keine Trauer aufkommen zu lassen, verlangt die Tradition in dieser Situation eine kleine Komödie: Wenn der Bräutigam die Schwelle überschreitet, um seine Zukünftige abzuholen, flieht diese und lässt sich durch eine Cousine vertreten. Da beide Frauen verschleiert sind, würde niemand den Unterschied bemerken. Doch dann spielt ein Verwandter des Bräutigams den Misstrauischen und reißt ihr den Schleier herunter, worauf die gesamte Schwiegerfamilie in lautstarken Protest ausbricht: »Gebt uns die Braut! Wir wollen die Braut sehen!«

Unter großem Jubel zeigt sich dann die echte Braut. Jetzt beginnt ein weiteres, ebenfalls sehr anrührendes Zeremoniell: Hinter großen Tüchern verborgen, entkleiden die Frauen der Schwiegerfamilie die Braut und ziehen ihr neue Gewänder an. Auch damit wird symbolisiert, dass die Frau jetzt endgültig zu einer anderen Familie gehört. Diese Zeremonie dauert ziemlich lange, weil die Braut zu diesem Anlass mehrere Kleider oder Gandouras übereinander trägt. Übrigens wird das erste Kleid, das der Braut ausgezogen wird, über die Tücher geworfen, hinter denen sie verborgen ist. Angeblich wird das Mädchen, das dieses Kleid fängt, als nächste heiraten.

Erst wenn die Braut von Kopf bis Fuß neu eingekleidet ist, verlässt sie das Haus ihrer Eltern am Arm eines unverheirateten Cousins ihres Gatten. Ihre Ankunft im Haus des Zukünftigen markiert dann den Beginn der offiziellen Feierlichkeiten; man tanzt, singt und isst bis zum Morgengrauen – wobei aber Männer und Frauen getrennt feiern. Selbst das Hochzeitspaar hat sich bis zu diesem Zeitpunkt noch nicht gesehen! Wie bei den Christen gibt es auch bei Moslems einen Hochzeitskuchen. Der *zehraoui* ist ein Butterkuchen mit einer Füllung aus Dattelmus, von dem die Braut den ersten Bissen nimmt.

Erst am zweiten Abend führt man die Frischvermählte zum Brautgemach. Dort zieht ihre Schwiegermutter sie aus, streift ihr ein weißes Nachthemd über und verläßt dann den Raum. Erst jetzt kommt der Bräutigam.

Bei den Chaouis waren damals fast alle Familien zu arm, um sich Bettwäsche leisten zu können, auf Laken schlief man ausschließlich in der Hochzeitsnacht. Sie werden schon erraten haben, warum: Mit einem blutbefleckten weißen Leintuch kann man die Jungfräulichkeit der Braut öffentlich beweisen.

Sobald das befleckte Leintuch vor der ganzen Hochzeitsgesellschaft gezeigt worden war, schossen die Männer fröhlich in die Luft und das Fest erreichte seinen Höhepunkt.

Wenn das Leintuch aber in der Hochzeitsnacht unbefleckt blieb, kam die schlimmste Schande über die Braut. Manchmal erhielt sie eine Tracht Prügel, manchmal wurde sie kahlgeschoren und im Nachthemd in den Festsaal getrieben. Die so gedemütigte Frau musste dann nicht nur alle Hochzeitsgeschenke zurückgeben, sondern verlor auch jede Chance, jemals normal zu heiraten. Vielleicht erbarmte sich ein Alter oder ein Ungläubiger der Frau, aber einen jungen Moslem würde sie nach einer solchen Schmach niemals bekommen.

Ich legte großen Wert darauf, dass meine Mädchen einen Mann ihrer Wahl heirateten, und Gott sei Dank bekamen sie alle einen Mann, den sie liebten. Außer Malika. Mohammed bestand darauf, sie 1978 gegen meinen Rat zu verheiraten, als sie gerade einmal sechzehn war. Ich ärgerte mich fürchterlich darüber, aber Mohammed hörte sich meine Bedenken überhaupt nicht an; er hatte entschieden und damit basta! Die Hochzeit wurde schließlich mit großem Pomp gefeiert und war ein großer Erfolg – ganz im Gegensatz zu Malikas Ehe. Schon zwei Jahre später trennte sich

Malika von ihrem Gatten, kehrte zu uns zurück und heiratete 1982 ein zweites Mal. Leider hat sie bis heute noch keine Kinder bekommen.

1983 heiratete Houria, 1992 Khadidja und 1995 Nadia. Alle drei bekamen sie ihren Wunschkandidaten und wie Malika gingen sie unberührt in die Ehe. Die blutbefleckten Leintücher ihrer vier Hochzeiten stopften allen Lästerern das Maul, die mir nachsagten, ich hätte meine Töchter zu ungläubigen Schlampen erzogen.

Alle von mir ausgerichteten Hochzeiten waren prächtige Feiern, bei denen jede Tradition buchstabengetreu eingehalten wurde. Heute finden in Algerien leider keine so rauschenden Feste mehr statt. Man fürchtet sich vor der allgegenwärtigen Gewalt und dem Terrorismus, sodass Feiern, die früher sieben Tage und sieben Nächte dauerten, heute in wenigen Stunden erledigt werden. Wie traurig, dass die Traditionen nicht mehr gepflegt werden, weil einige Fanatiker im Namen genau dieser Traditionen wahllos Menschen umbringen! Aber dieser Widerspruch scheint die Terroristen nicht zu stören.

12

Islamische Fundamentalisten

»Boumediene ist tot!« Die Nachricht verbreitete sich wie ein Lauffeuer im Dorf.

Es geschah im Dezember 1978, ich stand gerade auf, als ich die schlimme Nachricht im Radio hörte. Dreizehn Jahre lang war Boumediene an der Spitze des Staates gestanden, für uns verkörperte er geradezu die Nation. Sein Tod war das erste politische Ereignis, das die Einwohner unseres Dorfes zu bewegen schien. Doch sobald jeder die Neuigkeit kannte, unterhielten sich die Leute wieder über den üblichen Kleinkram.

Männer und Frauen besprachen niemals ernsthafte Probleme miteinander und die Frauen schienen sich ausschließlich für Fragen des Haushalts zu interessieren. Allerdings muss ich zugeben, dass auch ich mich kaum mit Politik beschäftigte. Ich las gerne Zeitschriften, allerdings keine politischen Magazine, sondern lieber *Détective* oder Klatschblätter wie *Confi-*

dences, die ich mir hin und wieder in Batna beschaffte.

Natürlich verfolgte ich die Nachrichten im Fernsehen, aber die waren so staatstragend und regierungstreu, dass man vom wahren Zustand des Landes nicht viel erfuhr. Und diese schrecklich steifen Sprecher, die mit monotoner Stimme ihre Texte ablasen, hielt nun wirklich keiner aus.

Nach dem Tod Boumedienes wurde Chadli Ben Djedid Präsident und die nächsten zehn Jahre lief scheinbar alles in den alten Gleisen. Zumindest in unserem kleinen Douar. Unser Dorf wuchs weiter, ein Neubau nach dem anderen schoss in die Höhe, während wir weiter im Rhythmus der Jahreszeiten schufteten und von den Launen des Wetters abhingen.

Doch allmählich verschlechterte sich die Wirtschaftslage, trotz unserer Abgeschiedenheit griffen die Probleme des ganzen Landes auch auf uns über. Immer weniger junge Leute fanden Arbeit; die Arbeitslosen lungerten ganze Tage in der Sonne herum, an Mauern gelehnt, als ob sie die Wände stützen müssten.

1988 erreichte uns Nachricht von Aufständen in Algier, die angeblich von einer Grieß- und Kaffeeknappheit ausgelöst worden waren. Die Gerüchteküche brodelte nur so, angeblich hatte die Armee auf die Menge geschossen und über 6 000 Demonstranten getötet. Natürlich übertrieb das Buschtelefon da gewaltig, dennoch markierten diese Unruhen den Anfang des Terrors.

Bei den Parlamentswahlen im Dezember 1991 (deren Ergebnis einige Wochen später annulliert wurde) stimmte unser Dorf mehrheitlich für die Islamitenpartei FIS. Ehrlich gesagt, überraschte mich das gar nicht, ich wusste ja, wie strenggläubig die Amris und der ganze Rest des Ortes waren. Und Sorgen machte ich mir erst recht keine; damals ahnte kaum jemand, welche Gefahr die Islamiten darstellten.

Doch als im Juni 1992 Präsident Boudiaf ermordet wurde, der erst im Januar zuvor das Amt von Chadli Ben Djedid übernommen hatte, häuften sich die Anzeichen einer dunklen Bedrohung immer mehr.

Ich betrieb zwar noch meinen Laden, war aber nicht mehr die einzige Händlerin im Dorf. Im Lauf der Jahre hatten mich einige Leute nachgeahmt und ein Geschäft in einer Ecke ihres Hauses eingerichtet. Ich antwortete auf diese Konkurrenz, indem ich am Abend mein Geschäft in einen Kaffee- und Getränkeausschank verwandelte. Mit diesem Angebot zielte ich hauptsächlich auf die vielen Arbeitslosen und wirklich hatte ich bald eine recht ansehnliche Stammkundschaft, die sich am späten Nachmittag vor meiner Türe traf – natürlich alles Männer. Anfänglich verliefen diese Abende fröhlich und sorglos, man spielte Domino oder würfelte, trank Coca-Cola, Limonade oder Sirupgetränke. Alkohol war natürlich tabu.

Doch langsam veränderte sich die Stimmung. Schleichend verschwand die Atmosphäre von Gelassenheit und Gastfreundlichkeit, wie im ganzen Land verbreitete sich eine explosive Nervosität. Allmählich verdrängte das Käppchen der Islamiten den Chèche als Kopfbedeckung der Männer. Sehr bald sollte sich zeigen, dass es dabei nicht um Modefragen ging, sondern um Politik.

Einmal fragte ich ein paar Jugendliche, was sich bei den merkwürdigen Versammlungen außerhalb des Dorfes abspielte, die seit neuestem abgehalten wurden. »Wir beten dort«, antworteten sie mir, was mich aber nicht überzeugte. Ungefähr zur gleichen Zeit begannen die Leute von Kämpfern zu sprechen, die »in den Untergrund« gegangen seien. Mohammed behauptete sogar, einige von ihnen hoch in den Bergen getroffen zu haben, als er Ziegen hütete. Angeblich drohten diese Männer, ihm die Kehle durchzuschneiden, sollte er sie verraten.

Allmählich spürte ich, wie mich die Leute im Dorf immer merkwürdiger ansahen. Ihre Blicke schienen mir meine Fremdheit vorzuwerfen und meinen Reichtum. Rückblickend erkenne ich ganz genau, wann die Missstimmung in Feindseligkeit umschlug, aber damals schien mir alles nicht so tragisch. Noch lebten wir friedlich dahin und hätten niemals vermutet, dass das Land im Begriff war, in einem Strom von Blut zu ertrinken.

Trotz der üblen Vorzeichen, die sich täglich mehrten, gehörten die Jahre 1992 und 1993 zu den glücklichsten meines Lebens. Ich war zufrieden und spürte gar nicht, was für ein Drama sich mittlerweile im Land abspielte. Täglich verschlimmerte sich die Lage. Anfangs wurden hauptsächlich Franzosen blindwütig umgebracht, dann weiteten sich die Massaker auf Einheimische aus. Unaufhaltsam glitt das Land in den Terror ab, doch wir nahmen davon zunächst nichts wahr. Dann ergriff die allgemeine Verunsicherung auch unser Dorf. Auf einmal verdächtigte jeder jeden. Kein Wunder, wenn alle verwirrt waren: Soldaten und Terroristen trugen den gleichen Drillich, so dass man sie kaum unterscheiden konnte. Einmal belauschte ich folgende geflüsterte Unterhaltung einiger Burschen an meinem Ausschank: »Wenn du zur Armee gehst, bringen dich die Terroristen um!«, sagte einer. Worauf ein anderer meinte: »Aber wenn du in den Untergrund abtauchst, töten dich die Soldaten!«

Gerüchte behaupteten, dass man nur dann als Kämpfer im Untergrund aufgenommen würde, wenn man auf Befehl ein Mitglied der eigenen Familie umbrachte. Nur so bewies man angeblich eine ausreichende Hingabe an die Sache der Islamiten. Brachte man aber wirklich einen Verwandten um, zog natürlich sofort ein Onkel oder Bruder los, um den Ermordeten zu rächen. Auge um Auge, Zahn um Zahn!

Immer häufiger hörte man von solchen Dramen.

Anfänglich waren diese Geschichten wohl stark übertrieben, doch leider holte die Realität die Horrorerzählungen bald ein ...

Und so leerten sich bald ganze Dörfer.

Aber noch ahnten wir davon nichts, vom immergleichen Rhythmus des Landlebens eingelullt. Fast schien es, als sollten die schwarzen Wolken des Unglücks, die sich über dem Land zusammenbrauten, an uns vorüberziehen. Und so bestand mein größtes Problem in jener Zeit darin, dass ich mich immer verzweifelter nach meiner Schwester sehnte.

Mit Huguette verband mich eine sehr enge Beziehung. Die Erlebnisse unserer Jugend hatten uns zusammengeschweißt: die Konzentrationslager, Huguettes Blindheit, Zender. Seit ich sie wiedergefunden hatte, fehlte mir Huguette sehr. Sicher litt sie ebenso wie ich darunter, dass wir nicht miteinander sprechen konnten. Und weil sie blind war, brauchte sie immer ihren Mann, wenn sie einen Brief bekam oder schreiben wollte.

Doch 1993 brach der briefliche Kontakt ab. Ich hörte gar nichts mehr von ihr und verdächtigte ihren Mann, meine Briefe einfach zu unterschlagen. Lange zögerte ich, doch dann beschloss ich, im August 1994 einige Wochen in Frankreich Urlaub zu machen. Huguette empfing mich so herzlich wie gewohnt, doch ihr Mann zeigte mir die kalte Schulter.

Erst nach ein paar Tagen rückte er mit dem Grund

dafür heraus: Er wollte bei sich keine Frau beherbergen, die mit »einem dieser dreckigen Araber verheiratet ist, die in Algerien Franzosen die Gurgel durchschneiden«. Damit war alles klar. Schnellstmöglich packte ich meine Koffer und kehrte nach Algerien zurück. Natürlich verriet ich Huguette nicht, was ihr Mann mir da an den Kopf geworfen hatte.

Einige Zeit später gelang es mir, nach Überwindung einiger Schwierigkeiten, mit meiner Schwester zu telefonieren. Als ich sie endlich an die Strippe bekam, erkundigte ich mich, wie es unseren Bekannten so ging. Schließlich fragte ich nach dem Maulwurf und Huguette teilte mir nur knapp mit, dass er vor kurzem gestorben sei.

Noch immer konnte sie seinen Namen nicht aussprechen, so sehr hasste sie ihn. Schon ich konnte den Kerl ja nicht ausstehen, dabei hatte er mich nicht sexuell missbraucht.

Nie werde ich ihm verzeihen, dass er unter den Kindern meiner Mutter eine Zweiklassengesellschaft errichtete, hier die Prinzen, dort die Bettler. Und wie er es durch seine Verschlagenheit geschafft hat, uns loszuwerden und mit seinen leiblichen Kindern in Ruhe zu leben! Unglaublich!

Huguette fehlte mir ganz fürchterlich. Und so beschloss ich nur wenige Monate nach dem fehlgeschlagenen Besuch, einen weiteren Anlauf zu nehmen, auch wenn das angesichts der feindlichen Haltung ihres Mannes unsinnig schien. Ich kam am Nachmittag in Paris-Orly an, nahm den Zug nach Straßburg, dann den Bus nach Hautepierre und war nachts um eins bei Huguette. Doch ihr Mann baute sich im Türrahmen auf und verweigerte mir den Eintritt. »Geh dorthin zurück, wo du herkommst!«, sagte er und warf die Tür vor meiner Nase zu.

Was sollte ich jetzt tun? Ich war todmüde, aber die Hotels waren längst ausgebucht. Also blieb ich einfach die ganze Nacht auf den Stufen vor Huguettes Haustür sitzen. Am Morgen hatte ich mich ein wenig erholt und ich machte mich auf die Suche nach einem günstigen Hotel. Danach ging ich zur Stadtverwaltung von Straßburg und bat um einen Termin mit einer Sozialarbeiterin. Ich schilderte ihr die unerträglich gewordene Situation in Algerien, worauf sie mir beipflichtete, dass es zu gefährlich wäre zurückzukehren. Sie tat alles, um mich in einer Sozialwohnung der Stadt unterzubringen, und schaffte es schließlich. Meine neue Adresse lautete Rue de Charrons 10.

Gerne wäre ich für immer in Frankreich geblieben, doch bereits nach zwei Monaten fehlten mir meine Kinder zu sehr. Natürlich waren sie alle längst erwachsen und sorgten für sich selbst, dennoch machte ich mir ernste Sorgen. Selbstvorwürfe, sie im Stich gelassen zu haben, ließen mir keine Ruhe.

Und so reiste ich Anfang 1995 nach Algerien zurück. Dort erwartete mich eine böse Überraschung: Während meiner Abwesenheit hatte Youcef mein Geschäft beim Pokern verspielt, ich fand nur noch leere Regale vor.

Mit seinen zweiundzwanzig Jahren war Youcef ein übellauniger junger Mann geworden und obwohl ich ihn liebte, trieb er mich zur Raserei. In seinen Augen las ich einen ständigen Vorwurf: Französin zu sein. Hatte er sich etwa den Islamiten angeschlossen? Schon möglich. Auf jeden Fall hatte ich Angst vor ihm, er schien mir zu allem fähig.

Eines Abends kam es zu einer äußerst peinlichen Szene mit ihm. Youcef war mit seiner Frau zum Abendessen gekommen, da bemerkte ich die völlig verdreckten Windeln ihres jüngsten Kindes. Ich ermahnte meine Schwiegertochter: »Hör mal, Saïda, du solltest deinem Sohn die Windeln wechseln!«

Hätte ich doch nur meinen Mund gehalten! Saïda schaute drein, als ob ihr der Himmel auf den Kopf gefallen wäre, und fing dann an zu heulen. Etwas ungehalten fragte ich: »Was gibt's denn da zu weinen?«

Von den Tränen alarmiert, kam Youcef ins Zimmer und herrschte mich an: »Was hast du mit meiner Frau gemacht?« »Gar nichts«, antwortete ich ihm. »Ich habe ihr nur geraten, dein Kind neu zu wickeln.« Da steigerte sich Youcef in einen rasenden Zorn und warf mich kurzerhand zur Tür hinaus – zur Tür meines eigenen Hauses!

Dazu muss man anmerken, dass ein gläubiger Moslem seiner Mutter gehorcht, und zwar immer. Seine Mutter überwacht die Schwiegertochter mit strengem Blick und weist ihren Sohn oft genug zurecht: »Pass mal auf, deine Frau hat dies oder jenes gemacht, das geht so nicht.« Und der Sohn hört seiner Mutter zu und gibt ihr Recht, auch gegen seine eigene Ehefrau.

In Algerien und ganz allgemein in der islamischen Welt übt die Mutter eine enorme Macht aus. Ständig mischt sie sich in das Eheleben ihrer Kinder ein, weshalb auch bei den meisten gemischten Ehen die Kinder wegen der Einmischung der algerischen Schwiegermutter typisch algerisch erzogen werden.

Doch eine so aktive Rolle wollte ich nicht spielen, vor allem, weil mein Sohn mich als Roumia – nein, schlimmer noch: als Französin – verachtete. Nur deswegen hat er es überhaupt gewagt, mich aus meinem eigenen Haus zu werfen. Damit bestätigte er sich selbst als Mann.

Wie konnte er nur vergessen, dass ich ihn aufgezogen hatte? Dass ich dieses Haus mit meinem hart verdienten Geld gebaut hatte und es ihm später vermachen würde? Warum hat er einen solchen Zirkus veranstaltet, nur weil ich seiner Frau einen gut gemeinten Ratschlag gab und sie darauf zu heulen anfing? Ich hätte ihr den Hals umdrehen können!

Noch hatten in Oued-Taga keine Massaker stattgefunden, doch jeder hatte von jemandem gehört, der jemanden kannte... Und dann fanden wir eines Tages einen Bauern aus einem Nachbardorf erstochen in seinem Feld. Schlagartig füllten sich die Herzen mit Angst, nach Sonnenuntergang hetzte jeder sofort nach Hause und verbarrikadierte sich dort. So etwas hatte man im Aurès noch nie gesehen, wo die Geselligkeit eine so große Rolle spielte. Früher konnte man sich im Aurès völlig frei bewegen, doch jetzt fiel in dieser abgelegenen Region jeder Fremde sofort auf und wurde automatisch verdächtigt.

Youcef machte keinen Finger krumm, sondern ernährte sich von der Rente, die sein geistig behinderter Bruder Nordine von der COTOREP bekam, einer Hilfsorganisation für Behinderte. Und so lebte Youcefs Familie recht gut, während Nordine ausgegrenzt wurde und nicht einmal mit den anderen essen durfte. Man gönnte ihm nicht einmal seine geliebten Zigaretten, die er von Zeit zu Zeit rauchte.

Nordine hatte seine Behindertenrente durch Vermittlung des französischen Konsulats erhalten und bekam jetzt 24 000 Dinar pro Monat – eigentlich. Wenn er auch wirklich davon profitiert hätte, wäre ein Leben im Douar für ihn natürlich ideal gewesen. Aber kaum hatte Nordine seine erste Rentenzahlung bekommen, kaufte Mohammed damit neue Möbel für das Haus, während Nordine weiter in einem winzigen Zimmer hauste und auf einem alten, völlig verdreckten Bett schlief.

Warum aber hatte Youcef zu arbeiten aufgehört? Aus dem gleichen Grund wie viele andere auch: Die mageren Hilfszahlungen des Staates erlauben es jedem Faulenzer, auch ohne Arbeit einigermaßen über die Runden zu kommen. Und weil der Staat kaum kontrolliert, ob mit seinen Hilfszahlungen Schindluder getrieben wird, legen sich in Algerien zahllose junge, kräftige Männer ungestraft auf die faule Haut. Leider konnte in Nordines Fall das Konsulat nicht weiterhelfen, da es keine Möglichkeit hatte, die Pensionszahlung bei Missbrauch auszusetzen.

Nordine bekommt seine schmale Pension seit fünf Jahren, es wird also Zeit, einen Antrag auf Verlängerung zu stellen. Normalerweise müsste man dazu ein medizinisches Gutachten vorlegen oder ihn von einem Vertrauensarzt untersuchen lassen. Oder verlängert sich die Pension von selbst? Ich weiß gar nicht mehr, was ich tun soll.

13

Louisa und die Französinnen

Eines schönen Tages im Jahr 1990 oder 1991 fiel mir im Dorf die Decke auf den Kopf. Da erfuhr ich von Pater Philippe, dass in Constantine ein Treffen der in Algerien lebenden Französinnen stattfinde. Das interessierte mich wirklich, gleichzeitig freute ich mich aber auch über den willkommenen Vorwand, das Dorf wieder einmal zu verlassen.

Colette begleitete mich zu der Versammlung, eine große und schöne Frau, die bei den Weißen Vätern arbeitete. Als wir ankamen, hatten sich schon zahlreiche Französinnen eingefunden, die ich noch nie gesehen hatte und die offenkundig genauso neugierig waren wie wir.

Dieses erste Treffen der Algerienfranzösinnen war von der *Association nationale des Françaises à l'étranger* (ANFE) organisiert worden, unter der Schirmherrschaft von Madame Audibert, der Frau des französischen Botschafters in Algerien. Später hielt Madame Audibert eine kurze Rede, in der sie betonte, wie wichtig es ihr sei, uns kennen zu lernen und unsere täglichen Sorgen zu erfahren. Das war mal etwas anderes; bisher hatte sich in der Botschaft nie jemand für uns interessiert.

Die ANFE klärte uns über unsere Rechte auf und half uns auch dabei, sie durchzusetzen, hauptsächlich aber sollten uns regelmäßige Treffen eine Möglichkeit geben, neue Kontakte zu knüpfen, Freundschaften zu schließen und damit die Isolation zu durchbrechen, in der die meisten von uns lebten. Anfänglich herrschte peinliches Schweigen, viele Frauen schämten sich, von ihrer Lage, ihren Sorgen und ihrem Leid zu erzählen. Doch irgendwann brach der Deich, und eine wahre Flutwelle von Sorgen, Ängsten, Klagen ergoss sich. Und bald äußerte sich jede ganz ungeniert über allen Ärger, den sie seit Jahren herunterschluckte.

Bei jenem ersten Treffen in Constantine gründeten wir einen Ortsverband Batna, der zukünftig regelmäßige Versammlungen organisierte. Wenn ich es einrichten konnte, ging ich hin und plauderte über die vielen Sorgen, die wir alle teilten. Doch die ANFE bot uns nicht nur Gelegenheit, Gleichgesinnte zu treffen, sie half auch ganz konkret. Zum Beispiel informierte sie das Konsulat, wenn eine Auslandsfranzösin in bitterer Armut lebte und eigentlich Anspruch auf französische Sozialhilfe hatte.

Nachdem ich etliche schlimme Geschichten von Armut und Unterdrückung gehört hatte, war ich sehr Stolz darauf, wie gut ich mich selbst aus der Affäre gezogen hatte: Trotz aller Widrigkeiten hatte ich meine Eigenständigkeit bewahrt und mein Leben selbstbestimmt gelebt.

Vom ersten Treffen der ANFE nahm ich etliche neue Adressen von Leuten mit nach Hause, denen es ähnlich erging wie mir. Gleichzeitig spürte ich, dass man noch mehr unternehmen musste. Wer sollte zum Beispiel den vielen Französinnen helfen, die nicht offiziell beim Konsulat registriert waren und deshalb nie von dem Treffen erfuhren? Diese armen Frauen kannten ihre Rechte nicht und ahnten nicht, dass sie Unterstützung vom französischen Staat erhalten konnten. Wahrscheinlich war ihnen nicht einmal bewußt, dass sie sich schon allein ihrer Kinder wegen registrieren lassen mussten, um deren französische Staatsbürgerschaft feststellen zu lassen.

Ein besonders hartes Frauenschicksal berührte mich zutiefst: Eine Mutter von fünf Kindern lebte ganz auf sich allein gestellt und ernährte ihre Familie von dem, was sie vor der Moschee erbettelte. Die ANFE hatte ein Programm auf die Beine gestellt, das es ermöglichte, Kinder kostenlos in ein Ferienlager nach Frankreich zu schicken. Auch ein Kind dieser Frau erhielt diese Möglichkeit, erschien aber nie am Flughafen. Später erfuhr ich, dass das Kind im letzten

Moment vor der Abreise ausgerissen war, weil es glaubte, seine Mutter wolle es für immer weggeben. Einige Tage später begleitete ich einen Pater und Nicole, die Organisatorin der Reise, zu der Familie. Sobald das Kind uns kommen sah, lief es davon, genau wie am Abreisetag. Als ich die Wohnung der Familie betrat, traf mich schier der Schlag, gleichzeitig spürte ich Schreck, Scham und Mitleid. Wir hatten ja geahnt, in welcher Armut diese Frau lebte, aber eine solche Verwahrlosung hätten wir nie erwartet. Die Küche starrte vor Dreck, die Kinder lagen krank auf dem Boden.

Dabei wohnte diese Frau in einem vergleichsweise luxuriösen Haus mit gemauerten Wänden und fließend Wasser und bezog eine Unterstützung vom Konsulat!

Nach unserer Rückkehr waren wir drei wie erschlagen und brachten kein Wort heraus. Denn wir wussten genau, dass es beinahe unmöglich sein würde, die Lebensumstände dieser Frau zu ändern. Die Not und das Leiden hatten etwas in ihr zerbrochen, sie schien resigniert, alle Kampfkraft war aus ihr gewichen. Ich glaube, sie bettelt auch heute noch vor der Moschee.

Auch ich habe in meiner Anfangszeit in Oued-Taga unter äußerst einfachen Bedingungen gelebt, aber ich hielt das Haus immer sehr ordentlich. Ich will mich hier nicht als Modellfall hinstellen, aber vor allem nach meiner Heilung von der Epilepsie habe ich mich doch im Dorf ganz gut behauptet. Nie habe ich meine Würde verloren, nie bin ich verzweifelt, auch wenn das schiere Überleben und die Erziehung meiner Kinder mir manchmal alles abverlangten. Während ich mich um andere sorgte, vergaß ich meine eigenen Sorgen. Ein Pater meinte sogar: »Sie wären am besten Sozialhelferin geworden.«

Sicher haben viele Frauen, die aus Frankreich nach Algerien kamen, angesichts der äußerst harten Lebensumstände den Mut verloren, ließen sich hängen und von den Schwierigkeiten des Alltags und den oftmals erstickenden Familien besiegen. Viele vergaßen mit der Zeit sogar ihre Muttersprache!

Ich gebe zu, dass ich anfangs auch sehr passiv gegenüber dem war, was mir geschah. Aber daran war vor allem die Epilepsie schuld, die es mir kaum erlaubte, vernünftig nachzudenken. Und nach meiner Heilung nahm ich mein Schicksal selbst in die Hand.

Es scheint mir wichtig, an dieser Stelle noch eine Geschichte zu erzählen, für deren Wahrheit ich mich verbürge. Sie handelt von einer jungen Frau, die unter dem Namen einer Toten lebt. Zugegeben, dieses Schicksal ist ein Extremfall, aber es zeigt ganz anschaulich, wie haarsträubend die Lage mancher Französinnen in Algerien ist: Eine Französin hatte aus erster Ehe ein Kind, das ihren Namen trug. Dann verliebte sie sich in einen Algerier und bekam mehrere Kinder von ihm. Eines schönen Tages verließ die Frau dann ihren Partner und die Kinder und kehrte nach Frankreich zurück. Einige Zeit später wollte der Mann seine Stieftochter an einen Neffen verheiraten. Er schrieb der leiblichen Mutter einen Brief, in dem er sie davon informierte, aber nicht um ihre Erlaubnis bat. Zwar antwortete die Mutter sofort: »Niemals! Meine Tochter ist viel zu jung, gerade einmal fünfzehn Jahre alt! Ich verweigere meine Zustimmung!«

Als ob das jemanden interessierte! In der Familie des Mannes war kurz zuvor eine Nichte gestorben, und jetzt verpasste man der Stieftochter kurzerhand den Namen der Verstorbenen. Unter diesem neuen Namen heiratete sie dann, ohne Einwilligung der Mutter. Ist das nicht unglaublich?

Einmal informierte ich Pater Philippe davon, dass eine Bekannte seit langer Zeit völlig abgetaucht war. Ihr Mann hatte sich wieder verheiratet und seine zweite Frau holte jetzt regelmäßig die Pension der Französin im Konsulat ab. Leider konnten wir nie klären, was aus der Frau wurde; Mohammed verbot mir, sie zu besuchen, und auch Pater Philippe konnte nicht einfach unaufgefordert vor ihrer Türe aufkreuzen.

Apropos aufkreuzen: Eines Tages sah ich ein teures schwarzes Auto die schlechte Straße nach Oued-Taga heraufklettern. Neugierig blickte ich ins Innere und sah einen Chauffeur und zwei Passagiere. Erst als sie im Dorf angekommen waren und ausstiegen, erkannte ich Nicole, die Sozialarbeiterin von ANFE. Sie begrüßte mich herzlich und stellte mir dann Annie vor, die Generalsekretärin der Vereinigung. »O Gott!« schoss es mir durch den Kopf. »Bin ich überhaupt passend angezogen?« Ich trug eine violette Gandoura, eine der ersten, die ich komplett selbst gemacht hatte, einschließlich der Stickereien am Kragen. Ich fand sie ganz wunderschön – und noch dazu praktisch: Wenn ich sie am Morgen wusch, war sie schon zwei Stunden später wieder trocken.

Natürlich waren meine Nachbarn höchst erstaunt, ein so prachtvolles Auto mit einem seltsamen Nummernschild (einer Diplomatennummer) zu sehen. Einige spekulierten, es müsse sich bei dem hohen Besuch um meine Schwestern aus Frankreich handeln, doch ich klärte sie auf, dass diese Frauen einfach gekommen seien, um mich zu sehen.

An die gelegentlichen Besuche der Patres hatten sich die Leute von Oued-Taga ja bereits gewöhnt, so dass sie mich jetzt mit Fragen verschonten. Aber beeindruckt waren sie schon. Ein Auto der Botschaft!

Stolz führte ich Nicole und Annie in dem traditionellen Haus herum, das ich all die Jahre bewohnt hatte, und stellte ihnen Malika, Khadidja und Nordine vor. Wie schon erwähnt, hatte Malika keine Kinder, ihr (zweiter) Mann arbeitete bei Sonitex, einer Fabrik in Batna. Khadidja war schon Mutter zweier Töchter, ihr Mann war bei der Gesundheitsbehörde beschäftigt. Nur der arme Nordine würde wegen seiner geistigen Behinderung natürlich nie heiraten können.

Leider konnte ich den Besucherinnen meine restlichen Kinder nicht vorstellen: Nadia wohnte im Haus ihres Mannes, eines Maurers, und erzog ihre Tochter. Solange ihr Mann Arbeit fand, lief alles prächtig. Aber oft genug gab es nichts zu tun, dann hing er einfach den ganzen Tag mit seinen Freunden herum ... Houria lebte mit ihrem Mann und vier Kindern in einem anderen Ort, fünfzehn Kilometer von Oued-Taga entfernt. Und wo war Youcef? Wahrscheinlich spielte er wieder mit seinen Freunden Karten. Am hellichten Tag! Seit seine Frau ihm zwei Söhne geboren hatte, stolzierte er nur noch herum wie ein Gockel. Youcef, mein Sorgenkind, hatte sich in den letzten Jahren leider sehr zum Schlechteren verändert.

Mohammed hatte sich angewöhnt, mich zu schlagen. Mit all meinen Tätigkeiten, meinen Projekten, meinem ständigen Kommen und Gehen machte ich ihn ganz verrückt. Eifersüchtig beobachtete er, dass ich ohne seine Hilfe ganz ausgezeichnet zurechtkam und ständig fremde Leute traf.

Aber mir passte es überhaupt nicht, von ihm verprügelt zu werden, wenn er schlechte Laune hatte.

Also ging ich heimlich zur Fremdenpolizei und erklärte dem Beamten, dass mein Mann mich schlug. Nachdem ich Anzeige erstattet hatte, kehrte ich ins Dorf zurück, als ob nichts geschehen wäre, stieg eine Station vor Oued-Taga aus und ging den Rest des Wegs über die Felder, sodass jeder denken musste, ich käme gerade von einem ausgedehnten Spaziergang.

Einige Tage später erhielt Mohammed eine Vorladung. »So, so, eine Vorladung?«, fragte ich scheinheilig. »Von wem mag die sein?« Verblüfft antwortete Mohammed: »Von der Fremdenpolizei. Was habe ich mit der zu schaffen?«

Brav folgte er der Anweisung – und erlebte sein blaues Wunder! Denn dort las ihm der Kommissar kräftig die Leviten: »Wenn wir noch ein einziges Mal erfahren, dass du deine Frau schlägst, dann erlebst du was! Wenn du deine Frau verprügeln und unglücklich machen willst, hättest du keine Französin heiraten dürfen. Ist das klar?«

Das hat gesessen! Übrigens halfen mir auch die Besuche der Patres und Nicoles, mich gegen Mohammed zu behaupten. Denn jedesmal, wenn er sich beschweren wollte, hielt ich ihm vor: »Jetzt hör mal genau zu! Solange Besuch da ist, spielst du den liebenden Mann und sobald wir allein sind, beleidigst du mich. Du hast jetzt die Wahl: Hör auf damit oder ich zeige dich an.« Und wenn er dann drohte, mich nicht mehr aus dem Haus zu lassen, antwortete ich ihm: »Wenn du mir verbietest, das Haus zu verlassen, hältst du mich gefangen. Das verrate ich dann meinem nächsten Besucher; und was dann passiert, hast du dir selbst zuzuschreiben!« Da blieb Mohammed nichts anderes übrig, als nachzugeben: »Ach, mach doch, was du willst!«

Meine Besucher waren meine Versicherung gegen Unterdrückung und ich nützte meine Freiheit weidlich aus, zog Röcke an und zeigte »Bein wie die Pariserinnen«.

Ich glaube, Mohammed litt immer stärker unter meinem Selbstbewusstsein. In den Zeiten der Epilepsie hatte ich mich gefügt, ohne zu murren. Dann muckte ich langsam auf; verdiente mein eigenes Geld, lernte die Weißen Väter kennen und traf über die ANFE zahlreiche Frauen, denen es ähnlich wie mir erging. All das half mir, mich zu behaupten, gegen den Clan und gegen Mohammed, der um seine Autorität als Mann fürchtete.

Epilog

Rückkehr nach Frankreich

Eines Herbstmorgens des Jahres 1994 entdeckte ich, dass jemand ein Kreuz an meine Tür gemalt hatte, als ob er mich als Christin beleidigen wollte. An jenem Tag begriff ich, dass ich nicht mehr hierher gehörte, dass ich wieder zu einer Fremden geworden war, einer Roumia.

Auf der Straße mied man meinen Blick, die Leute redeten nicht mehr mit mir wie früher. Ich spürte, wie man mich schnitt, mich wie eine Aussätzige behandelte. Die jungen Leute kamen nicht mehr so regelmäßig zu meinem Ausschank; die Stimmung gegen mich wurde jeden Tag deutlicher.

Also beschloss ich, mich zu verdrücken.

Auch Houria, meine Tochter, hatte Angst und wollte fliehen. Schon seit einiger Zeit trieben sich die Terroristen in der Nähe ihres Ortes herum, sehr zum Schrecken Hourias. Und so kam es, dass sie mich eines Tages einweihte: »Mama, wir haben alle Papiere für Frankreich beisammen.« Darauf antwortete ich ihr: »Na, prima, dann fahrt doch!« Doch Houria antwortete: »Das geht nicht. Was sollte ich denn ganz allein in Frankreich? Ich fände mich doch nie zurecht, ich spreche ja nicht einmal die Sprache. Komm doch mit uns!«

Und so beschlossen wir, das Dorf gemeinsam zu verlassen. Da ich dachte, auch Malika würde sich uns gerne anschließen, verriet ich ihr unseren Plan. Leider beging sie die Dummheit, ihren Mann einzuweihen, der sofort zu Mohammed rannte. Der stellte mich zur Rede und drohte, uns alle an die Terroristen zu verpfeifen.

Aber um uns aufzuhalten, brauchte es schon etwas mehr! Allerdings blieb das praktische Problem der Ausreise, denn zu jener Zeit kreuzte man nicht einfach an der Grenze auf und verließ das Land. Schließlich half uns das französische Konsulat weiter, erledigte für uns alle notwendigen Behördengänge und bezahlte sogar die Flugtickets.

Zwischenzeitlich versuchte ich, Nordines Papiere wieder in die Finger zu bekommen. Youcef hatte sie sich unter den Nagel gerissen und rückte sie nicht mehr heraus, schließlich erlaubte die Behindertenrente seines Bruders ihm, den lieben langen Tag Karten zu spielen, anstatt zu arbeiten.

Solange ich Nordine aber nicht gut versorgt wusste, konnte ich ihn nicht zurücklassen; der Gedanke daran, dass er in Zukunft weiter unterernährt und verwahrlost in einem Kämmerlein vegetieren würde, während Youcef seine Rente verjubelte, war mir unerträglich.

Wir planten, am 14. oder 15. Februar 1995 abzureisen, da mich Mohammed aber streng überwachte, mussten wir bei den Vorbereitungen äußerst diskret vorgehen. Kein falsches Wort durfte uns verraten! Houria und ihr Mann hatten gemeinsam beschlossen, nach Frankreich auszuwandern, sodass sie überall von ihrer Abreise erzählen konnten. Wir verschwiegen lediglich, dass ich sie begleiten würde. Ich log Mohammed und allen anderen vor, meine Tochter nur bis zum Flughafen begleiten zu wollen und danach ins Dorf zurückzukommen. An ihrem (und meinem) Abreisetag versammelte sich der gesamte Ort vor ihrem Haus, überall hörte man Abschiedsgrüße und die Kommentare der Leute: »Houria verlässt uns. Und ihre Mutter hat ihr das Geld für die Reise geschenkt!«

Einige Frauen weinten und sogar mir flossen ein paar Tränen hinunter; das war mir seit Jahren nicht mehr passiert. Ich weinte, weil ich dieses Land verlassen musste, das längst meine Heimat geworden war. Und weil ich Nordine schutzlos zurückließ. Meine anderen Kinder würden sich alleine gut durchs Leben schlagen, aber die waren ja auch nicht geistig behindert.

Natürlich sorgte ich mich ebenfalls um Houria und

ihre Kinder; wir mussten weg von hier! Denn ich war für die Bewohner des Dorfs und sogar für meine eigene Familie wieder zur Fremden geworden, deren Anwesenheit alle in Gefahr brachte.

Nach einem schmerzhaften Abschied verließen wir Oued-Taga, stiegen wie geplant am 15. Februar in das Flugzeug und kamen heil in Frankreich an: Houria, ihr Mann, ihre Kinder und ich.

Am Flughafen von Paris erwartete man uns bereits und brachte uns ins Übergangslager von Vaujours, einem Vorort der Hauptstadt. Dort blieben wir drei Monate, von Februar bis Mai 1995. Die Unterkunft war ganz anständig, das Essen sogar recht gut. »Schmeck prima«, urteilte Houria in ihrem selbstgestrickten Französisch. Als wir ankamen, war mein Enkel Hichem übrigens gerade einmal vierzig Tage alt, der jüngste Umsiedler überhaupt.

Gerne wäre ich länger im Übergangslager geblieben, doch dann sandte man Houria mit ihrer Familie nach Vénissieux bei Lyon, wo sie sich niederließen. Im Mai 1998 brachte Houria die kleine Sabrina zur Welt, mein zehntes Enkelkind. Die in Algerien verbliebenen Enkel kenne ich natürlich kaum, dafür sind Hourias Kinder umso entzückender.

Einmal noch besuchte Hourias Mann unseren Douar, unterhielt sich mit Mohammed und sah vor allem bei Nordine nach dem Rechten. Leider musste ich erfahren, dass er stark abgemagert war. Seitdem habe ich ein paar Sachen gesammelt, die er sicher brauchen kann; ich gebe sie dem nächsten Verwandten mit, der nach Oued-Taga reist.

Ob Nordine diese Dinge auch bekommt? Ich fürchte, nein. Youcef und seine Frau plündern das Paket höchstwahrscheinlich, aber das Risiko muss ich eingehen.

Im Geist habe ich Algerien für immer verlassen, wenn auch mit einer gewissen Wehmut. Natürlich sorge ich mich um Nordine, den ich eigentlich vor seinem Bruder schützen müsste, aber sonst zieht mich wenig zurück. Ich bin einfach zu alt, um weiter die Wäsche per Hand zu waschen, im kalten Wasser der Séguia. Als ich vor über dreißig Jahren dort ankam, war der Aurès eine wilde Landschaft mit herzlichen und gastfreundschaftlichen Menschen. Doch heute scheint es mir, als ob die Leute nicht mehr gerne dort lebten.

Hass hat die Herzen ergriffen, Gewalt regiert das Land. Bis wieder wirklich Frieden herrscht in dieser zerrissenen Nation, werden noch sehr viele Jahre vergehen. Denn wer könnte so viel Leid, so viele Tode einfach vergessen? Ich fürchte sogar fast, dass das Leben in den kleinen, ehemals so friedvollen Dörfern nie wieder so wird, wie es einmal war.

In Frankreich erging es uns gut; Houria hat sich sehr schnell an das Leben in einem unbekannten Land gewöhnt, ebenso wie ihr Mann, der Sprachkurse belegte und heute eine ABM-Stelle bei der Heilsarmee hat, bis er etwas Besseres findet. Houria, die bei unserer Ankunft kein Wort Französisch konnte, spricht inzwischen recht flüssig – dank ihrer Kinder, die die neue Sprache mit selbstverständlicher Leichtigkeit erlernt haben.

Houria und ihre kleine Familie leben inzwischen seit über einem Jahr in Vénissieux. Ich besuche sie sehr oft und helfe meiner Tochter beim Ausfüllen von amtlichen Papieren, mit denen sie sich sehr schwer tut – ich übrigens oft genug auch.

Ich bezog zunächst eine Sozialwohnung in La-Chapelle-Saint-Luc, aber in diesem Haus herrschten üble Zustände; ich kam mit meinen Nachbarn überhaupt nicht zurecht. Zweimal brach man mir sogar die Tür auf! Deshalb war ich froh, als ich umziehen konnte.

Dann fand ich sogar eine Beschäftigung: im Museum für Menschheitsgeschichte, wo etliche Objekte der Chaouia-Kultur ausgestellt waren. Meine Aufgabe bestand darin, die in Chaouia verfassten Erläuterungstexte zu übersetzen. Und so ging ich fast jeden Nachmittag ins Museum; es machte Spaß, wieder etwas Sinnvolles zu tun.

Doch als ich eines Abends nach Hause kam, war die Wohnungstür wieder aufgebrochen! Und dann musste ich vier Monate warten, bis ich eine neue bekam. Sobald es ging, bin ich also wieder umgezogen. Heute lebe ich in Bréviandes. Ich bin schon gespannt, ob man mir hier auch die Tür aufbricht.

Ich habe mein ganzes Leben lang geschuftet, erst jetzt ruhe ich mich aus. Das Schicksal hat meinen Charakter geschmiedet, ich habe Schwierigkeiten, Schrecken und Gewalt erlebt und durchlitten, aber immer habe ich versucht, den Kopf über Wasser zu halten, trotz allem. Was immer es mich kostete, ich habe die Hoffnung gewählt, habe mich entschieden zu leben, um jeden Preis.

An dieser Stelle möchte ich Gott um eine letzte Gnade bitten: Ich wünsche mir so sehr, dass meine Töchter Thérèse und Monique, die im Elsass leben, wieder Kontakt mit mir aufnehmen. Ich würde sie so gerne noch einmal sehen!

Heute lebe ich wieder in meinem Vaterland, doch oft genug überkommt mich die Sehnsucht nach der Landschaft und dem Klima des Aurès. Dann träume ich vom Schnee auf dem Gipfel des Djebel Mahmel und der Sonne, die meine Knochen wärmte, wenn ich auf der Schwelle meiner Türe stand …

Danksagung

Aus der Tiefe meines Herzens möchte ich allen danken, die mir auf meinem schweren Lebensweg geholfen haben, vor allem Pater Thiriez sowie Andrée Dore-Audibert und Annie Morzelle von ANFE.

Mein Dank gilt auch Catherine Simon von der Zeitung *Le Monde*, die mir als Erstes gestattete, mein Schicksal einer breiten Öffentlichkeit zu erzählen.

Glossar

Aïd-el-Kebir	auch Tabaski genanntes islamisches Fest, bei dem traditionell ein Schaf geschlachtet wird
Aurès	Teil des östlichen Sahara-Atlasgebirges
Burnus	Übergewand der Beduinen, ein weiter, langer Umhang mit Kapuze
Chèche	Stoffbahn, die wie ein Schal mehrfach um den Kopf geschlungen wird und bei Bedarf das Gesicht bis auf einen Augenschlitz vollständig verdeckt
Djebel	arab.: Berg, Gebirge
Douar	arab.: kleines Dorf, Weiler
Gandoura	großes, sackförmiges Gewand für Frauen, das bis zu den Knöcheln herunterreicht
Kabylisch	Sprache der Berber in der Kabylei; eigentlich eine ganze Sprachgrup-

	pe, da sich die zahllosen Dialekte mitunter stark unterscheiden
Louisdor	frz. Goldmünze, bis 1793 geprägt
Maghreb	arab.: Westen; allgemeiner das westliche Nordafrika, also das von Marokko, Algerien und Tunesien eingenommene Gebiet
Marabut	Grab eines Heiligen
Mechta, *Gourbi*	arab.: Hütte
Roumia	arab.: Europäerin
Séguia	Bewässerungskanal
Seroual	arab.: Hose
Tajine	traditionelles arabisches Gericht, das in einem Tontopf mit spitzem Deckel serviert wird
Weiße Väter	1868 gegründete katholische Missionskongregation für Afrika

Ullstein Taschenbuchverlag 2000
Der Ullstein Taschenbuchverlag ist ein Unternehmen der
Econ Ullstein List Verlag GmbH & Co. KG, München
Deutsche Erstausgabe
2. Auflage 2000
Titel der französischen Originalausgabe:
La vie à tout prix
(Presses de la Renaissance, Paris)
Übersetzung: Martin Bauer
Redaktion: Sabine Cramer
Umschlagkonzept: Lohmüller Werbeagentur GmbH & Co. KG, Berlin
Umschlaggestaltung: Morian & Bayer-Eynck
Titelabbildung: Premium, Düsseldorf
Gesetzt aus der Sabon, Linotype
Satz: Josefine Urban – KompetenzCenter, Düsseldorf
Druck und Bindearbeiten: Elsnerdruck, Berlin
Printed in Germany
ISBN 3-548-36233-8

Liliane Amri

Einmal frei sein!

Meine 32 Jahre in einem islamischen Dorf

Aus dem Französischen
von Martin Bauer

Ullstein

Das Buch

Als kleines Kind überlebt Liliane die Schrecken des Konzentrationslagers. Doch ihr Vater verliert dort sein Leben und sie wird in ein Waisenhaus gesteckt. Später heiratet sie und bekommt zwei Kinder. Ihr Mann verstößt sie aber aufgrund ihrer Krankheit, Epilepsie. Als sie im tiefsten Winter auf offener Straße einen Anfall erleidet, nimmt der Algerier Mohammed sie bei sich auf und pflegt sie. Obwohl Liliane ihn nicht liebt, stimmt sie einer Heirat zu. Angeblich zur »Erholung« schickt Mohammed seine Frau in sein Heimatdorf. Schon bald nach ihrer Ankunft erkennt Liliane, dass sie dort für immer festgehalten werden soll. Ein Fluchtversuch scheitert: Notgedrungen fügt sie sich in ihr Schicksal, in das äußerst karge Leben und den harten Arbeitsalltag. Doch allmählich lernt sie die Sprache, gewöhnt sich an das gnadenlose Klima und die Verschlossenheit der Menschen. Mit viel Ausdauer und unbändigem Tatendrang erkämpft sie sich gegen den Willen ihres Mannes kleine Freiräume. Und nie lässt sie ihr eigentliches Ziel aus den Augen: Einmal frei sein!

Die Autorin

Liliane Amri wurde 1939 in Metz geboren. Nach einer gescheiterten Ehe heiratete sie den Algerier Mohammed Amri. Von 1963 bis 1995 lebte sie in seinem Heimatdorf Oued-Taga im entlegensten Teil Algeriens. Dort arbeitete sie als Krankenschwester und Tierärztin, eröffnete den ersten Laden des Dorfes und zog sechs Kinder groß. 1995 kehrte sie aufgrund des immer stärker aufkeimenden Fundamentalismus nach Frankreich zurück. Heute wohnt sie in einer Hochhaussiedlung bei Paris.

ULLSTEIN